ROBERT GERNHARDT

GERNHARDTS GÖTTINGEN

HERAUSGEGEBEN
VON
THOMAS SCHAEFER

SATZWERK VERLAG

Gesamtherstellung: Satzwerk, Göttingen
ISBN 3-930333-22-8

Moderner Heine: Zug, Zigarette,
ent

Horaz Ode: | Catull: c.73 bene velle ..!

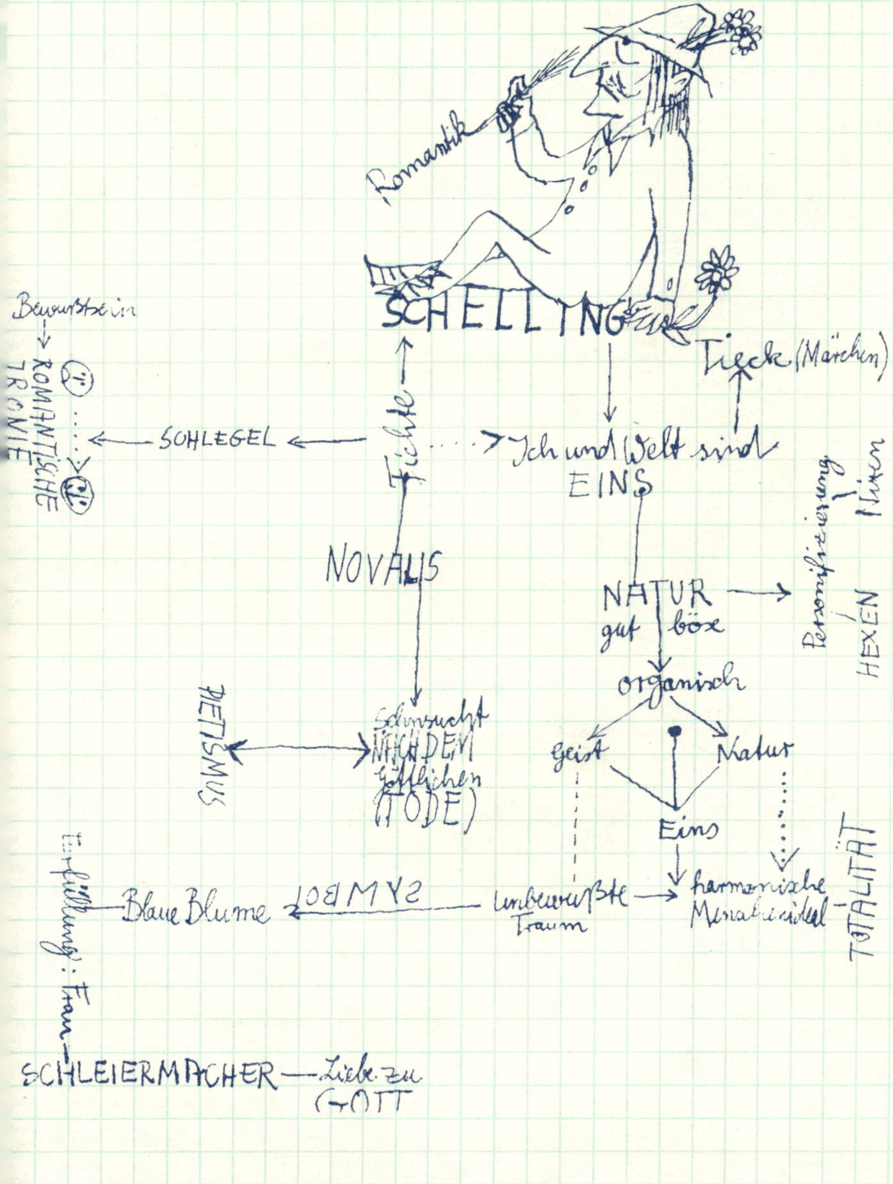

ROBERT GERNHARDT · GERNHARDTS GÖTTINGEN

12. Dez. 97

Lieber Andreas!

Herzliche Glückwünsche
zu Deiner Habilitation und
daß Du Dich nun auch wieder
den vergnüglichen Seiten der
Stadt widmen kannst!

Michael

INHALT

Anreise
Zwischen Kassel und Göttingen 9

Aus Schülerzeiten
Ich über mich 13
Einige meiner Lehrer und ich 16
Kuh und Kuhhaftes 25
Nach Italien 26
Wie ich Dichter wurde 28
Gedichte aus Schülerzeiten 37
Den Benn alleine lesen. Eine 50er Jahre-Reminiszenz 41

GT-Lektüre
Mister x 47
Fundsache 49
Wanderer, kommst du nach Gö... 50
Lieblingspredigt 52

Literatur und Folgen
Hat die Literatur Folgen? 55
Das muß gesagt sein 69

In Disneyland
Fahndung und Gegenwart 77
Die Göttinger Sieben Bausünden –
mit sieben »Göttinger-Sieben-Bausünden«-Fotos
von Ingo Bulla 86

Coda
Zum Muttertag 95

Nachwort 97

Quellenverzeichnis 99

ANREISE

ZWISCHEN KASSEL UND GÖTTINGEN

AUS SCHÜLERZEITEN

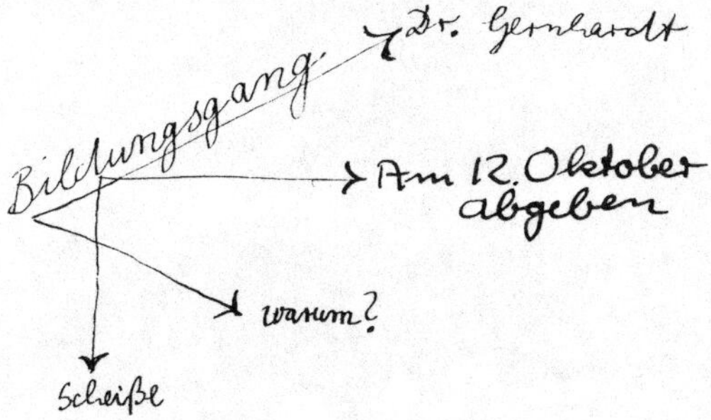

Lyrik, Roman, Epos, Haiku – alle literarischen Gattungen krebsen dahin, werden totgesagt, sind tot, eine aber steht nach wie vor mächtig in Blüte: die Memoirenliteratur. Längst ist sie nicht mehr die Domäne älterer Herrschaften, nicht nur Autoren wie Bamm (›Eines Menschen Zeit‹), Lale Andersen (›Der Himmel hat viele Farben‹) und Frisch (›Tagebuch‹) erzählen zur Zeit, was sie so alles erlebt haben, auch Mittvierziger (Grass: ›Aus dem Tagebuch einer Schnecke‹) und Frühvierziger (Rühmkorf: ›Die Jahre die ihr kennt‹) sind bereits im Plauderalter, und das hat wohl seine Gründe. Denn 1. scheint diese Gattung ein schönes Geld einzubringen, drei der erwähnten Bücher stiegen in die ›Spiegel‹-Bestsellerliste, Abt. Belletristik, auf, und 2. gibt es wohl keine andere Erzählform, die der Reputation des Autors förderlicher wäre. Im Laufe eines Lebens trifft man ja einen Haufen Leute, auch berühmte, und solche Begegnungen machen nicht zuletzt den Hauptreiz der Erinnerungsbücher aus – »Hast du gelesen, was der Rühmkorf über Grass schreibt?« »Ja, aber was der Grass erst über Wehner sagt!« »Und der Bamm, wie der den Einstein« – nicht wahr, ein Glanz der Großsterne bleibt auch auf den Trabanten haften, und weil das alles so ist, habe auch ich, der Mittdreißiger, meine Memoiren in Angriff genommen. Reich und berühmt wäre ich gern schon lange, hier also eine Probe aus dem noch weitgehend ungeschriebenen Werk, Arbeitstitel ›Vom Wunderkind zum Spätentwickler‹, alles Fakten, nichts erfunden, Verleger hergehört, beginnen wir mit der Hauptsache, mit dem Kapitel:

Die Prominenten und ich

Wenn ich die Berühmtheiten meiner Tage Revue passieren lasse, erstaunt es mich immer wieder, daß nur relativ wenige meinen Lebensweg gekreuzt haben. Ob das damit zusammenhing, daß sie nur selten ausgerechnet dort waren, wo ich mich gerade aufhielt? Willy Brandt beispielsweise habe ich nie getroffen, obwohl wir jahrelang in derselben Stadt, Berlin, wohnten. Das war zwischen 1958 und 1964. Es kann für Brandt nicht immer einfach gewesen sein, mir dauernd aus dem Weg zu gehen. Damals war Berlin ja noch eine hochlebendige Stadt, auch ich war viel unterwegs, tauchte überraschend in der FU, dann wieder in der Hochschule für Bildende Künste auf, besuchte ohne Voranmeldung das Café am Steinplatz, war eine halbe Stunde später in den S-Bahnstuben am Savignyplatz oder bei Leidicke. Irgendwie hat Brandt es jedoch immer geschafft, mir auszuweichen, schließlich aber wurde es dem übrigens hochbegabten Politiker zuviel. Er siedelte nach Bonn über, wohin ich nur selten komme, und hat sich dort einen Freundeskreis aufgebaut, dessen Hauptkriterium zu sein scheint, daß sie nichts mit mir zu tun haben. Oder ist es ein Zufall, daß ich weder Heinemann, Bahr, Scheel noch Schmidt persönlich kenne?

Vielleicht. Aber daß ausgerechnet ein Mann wie Ludwig Erhard, dem ich einmal in Göttingen begegnet bin, keinen Zutritt zu diesem Kreise hat – ist auch das ein Zufall? Es muß in den frühen 50er Jahren gewesen sein, als wir uns das erste und einzige Mal sahen. An Einzelheiten kann ich mich kaum erinnern, nur so viel weiß ich, daß der gefeierte Vater des Wirtschaftswunders mich eindringlich beschwor, CDU zu wählen. Nun, der Appell mußte erfolglos bleiben, ich war ja damals noch ein blutjunger Oberschüler, vielleicht fiel die Mahnung bei den anderen Besuchern der Wahlveranstaltung auf fruchtbareren Boden. Unsere Wege trennten sich, wie es scheint, für immer.

Günter Grass dagegen begegnete ich häufiger, ja so häufig, daß ich annehmen muß, daß er mir geradezu auflauerte. Das erste Mal beispielsweise sahen wir uns mitten im Grunewald, am Teufelssee. Ich kam gerade vom Baden, und als Grass an mir vorbeiging, schoß mir der Gedanke durch den Kopf: »Da geht doch der Grass!« Dasselbe dachte ich einige Monate später, als ich zur Adventszeit lieben Besuch vom Bahnhof Zoo abholen wollte: »Da steht doch der Grass!« – und da stand er tatsächlich, wirkte trotz seines wachsenden Ruhms merkwürdig verfroren und tat so, als ob er auch jemanden erwarte. Der kaschubische Schnauzbart sollte mir noch manchesmal über den Weg laufen, ohne daß ich je erfuhr, was er eigentlich von mir wollte. Den letzten Versuch, mit seinem Anliegen rauszurücken, scheint Grass in den späten 60er Jahren gemacht zu haben, als er mir nach Frankfurt – dort lebe ich seit 1964 – nachreiste, angeblich um einen Vortrag im Cantatesaal zu halten. Ich erinnere mich dunkel, diesen Vortrag gehört zu haben, der Inhalt ist mir jedoch entfallen. Wird wohl nichts Besonderes gewesen sein.

Namen, Namen, Namen! Und wie viele sind schon verloschen! Robert Kennedy etwa, den ich vom Oberdeck des 48er Busses dabei beobachtete, wie er gerade das Berliner Amerika-Haus betrat – »jungenhaft und locker«, wie ich später den Zeitungen entnahm. Ich kann das nicht bestätigen, aber es ging auch alles sehr flink.

Oder Henry Miller, dem ich – ebenfalls im Berlin der 60er Jahre – plötzlich im Zeichenbedarfsgeschäft Spitta und Leutz gegenüberstand. Er benahm sich übrigens sehr anständig, kaufte lediglich eine Radiernadel und ging. Ich hätte ihm gerne etwas zu seinen Büchern gesagt, aber mit meinem Englisch haperte es. Heute bedaure ich meine Zurückhaltung, Millers Bücher sind seit unserem Treffen immer lascher geworden. Schade, noch heute weiß ich nicht, was »sich am Riemen reißen« auf Englisch heißt. »To pull yourself at the...« – ja wie nun? Ewig schade. Dem alten Henry hätte ein freundschaftlicher Rüffel gutgetan.

Oder die Nobelpreisträger! Da war Werner Heisenberg, der extra in die Göttinger Felix-Klein-Oberschule kam, um mich in der Schulaufführung des Stückes ›Diener zweier Herren‹ die herrliche Figur des Pantalone spielen zu sehen. Ich weiß das, weil Heisenbergs Sohn, der in meine Klasse ging und während derselben Aufführung Geige spielte, vor der Premiere auf einen runden Herren in einer der ersten Reihen deutete und sagte: »Mein Vater«. Da war der alte Professor Hahn, den ich laut Aussagen meiner Mutter eigentlich gesehen haben müßte, weil er in Göttingen nur einige Straßen von uns entfernt wohnte, und da war natürlich Einstein. Aber der lebte ja nun in den Staaten, und da war ich noch nie. Dafür war ich schon in Frankreich, der Heimat so bedeutender Männer wie Pascal, Voltaire, Napoleon – um nur die wichtigsten zu nennen. Doch davon ein andermal mehr. Wenn ich das Kapitel ›Meine Reisen und ich‹ beendet habe. (1972)

EINIGE MEINER LEHRER UND ICH

Als ich im Jahre 1947 die Aufnahmeprüfung in die Felix-Klein-Oberschule bestand, war das ein Glück, das einiges Unglück nach sich ziehen sollte.

Meinen Kenntnissen jedenfalls hatte ich es kaum zu verdanken, daß ich, der Neunjährige, nun mit deutlich Älteren in die Höhere Schule gehen durfte. Als Fünfjähriger war ich im damaligen Posen eingeschult worden, 1943, doch konnte von einem stetigen Schulbesuch schon bald nicht mehr die Rede sein. Flucht und mehrere Ortswechsel brachten es mit sich, daß ich etwa vier sehr unterschiedliche Volksschulen und auch die nur mit größeren Unterbrechungen besuchte und daß mein Wissen auf sämtlichen Gebieten ebenso große Lücken aufwies. Dennoch schaffte ich den Schulwechsel. Bald freilich sollte die Schule mich schaffen.

Die ersten beiden Jahre waren nicht schön. Da gab es einen Mathematiklehrer Mittelstedt, der mich nicht mochte und den ich fürchtete, ja haßte. Ich war nicht gut in Mathe, begriff nicht recht, worum es da ging, und sollte es bis zum Abitur nie richtig begreifen. Dennoch gab es Lehrer der Mathematik und der Naturwissenschaften, an die ich mich gerne erinnere, an den sehr freundlichen Freund, den manchmal überraschend witzigen Fieber, den aufrechten

Agnostiker und Darwinisten Homann, wegen seiner umfassenden Kenntnisse der niedersächsischen Spinnen auch Spinnen-Homann genannt.

Mittelstedt dagegen war einer derjenigen Lehrer, die nicht begreifen können oder wollen, daß ein Schüler ihr Lehrangebot liebend gerne begriffe, wenn er nur könnte, und die im hilflosen Kind einen verstockten Sünder sehen, den es mit unnachsichtiger Strenge dem allein wahren und einzig wichtigen Wissen zuzuführen gilt, wobei dieses Wissen wundersamerweise immer gerade jenes ist, das sie zufällig anzubieten haben. Ende der sechsten Klasse stand es schlecht um mich. Sitzenbleiben, sogar Schulverweis drohten, meinem Klassenlehrer und Fürsprech Gutkess verdanke ich die Versetzung. Willibald Hanner wurde mein neuer Klassenlehrer, mit ihm begann eine sehr viel erfreulichere Epoche meines Schülerlebens.

Gernhard karikiert (das SPD-Bild der CDU)

Wenn ich je einen Lehrer vom Schlage der gestrengen, geachteten, manchmal auch geliebten Feuerzangenbowle-Pauker gehabt habe, dann war es Hanner. Im Ersten Weltkrieg hatte er einen Arm verloren, seine Sprechweise befremdete uns, er kam aus Plauen und hatte dort bereits e. o. plauen alias Erich Ohser, den Zeichner von »Vater und Sohn«, zu seinen Schülern gezählt. Er unterrichtete in den Fächern Latein, Geschichte und Religion, und noch heute weiß ich einige seiner Sätze auswendig, nicht, weil sie so inhaltsreich, sondern deswegen, weil sie derart typisch für ihn und seine Artikulation waren, daß die Klasse sie begeistert aufgriff und kolportierte, etwa den folgenden, welcher Hanners Anteilnahme an Friedrich Liszt und

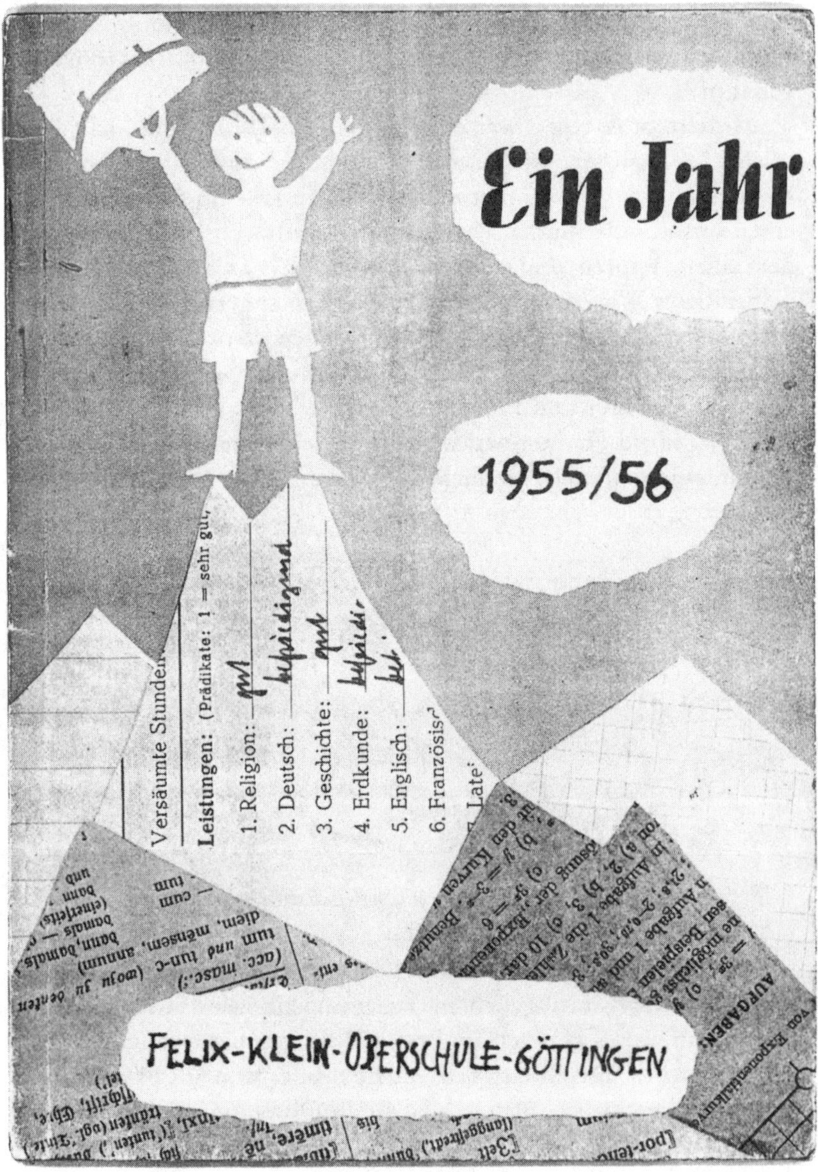

Gernhardt »schwittert«: Titelcollage einer Schülerzeitschrift

seine eigene eigenwillige Aussprache von b und t belegt: »An einem newligen Nowemwerdage sedzde Friedrich Liszt seinem Lewen vor den Doren von Guffstein ein Ende.«

Hanner gab Geschichte und Religion – Fächer, die um so spannender, aber auch problematischer wurden, je älter ich war und je häufiger mich wilde, nicht von der Schule verordnete Lektüre mißtrauisch gegenüber dem machte, was die betreffenden Lehrer da so sagten bzw. verschwiegen: Ich kann mich nicht erinnern, jemals etwas über die Weimarer Republik oder die Nazizeit gehört zu haben; ich weiß, daß wir Schüler während der frühen 50er Jahre brave Antikommunisten waren, die auf tränentreibend ärmlichen KPD-Veranstaltungen Krach schlugen und Fez machten; ich erinnere mich an den mißbilligenden Gesichtsausdruck eines englischen Austauschlehrers während einer solchen Randaliererei – der gab mir zu denken. Der Nationalsozialismus war kein Thema, doch wir Schüler wußten von Lehrern, die Nazis gewesen waren und nach 45 ihre Überzeugungen problemlos mit dem Europa-Gedanken, Adenauer-Bewunderung und einer die »Masse« oder »Menge« verachtenden Kulturkritik verbanden. Der Kalte Krieg erübrigte jede Frage danach, ob man nicht möglicherweise während des Dritten Reiches doch geirrt haben könnte: Was heute recht war, konnte damals nicht unrecht gewesen sein. Vom Geschichtslehrer Kaiser erfuhren wir viel über die Schandtaten der Briten während des Burenkrieges, damit war auch das Thema Konzentrationslager abgehandelt. Zugleich kam es zu ersten zaghaften Konflikten und Protesten. Studenten gingen auf die Straße, um gegen die Wiederzulassung schlagender Verbindungen und den rechtsradikalen Verleger und designierten niedersächsischen Kultusminister Schlüter zu demonstrieren, wir Schüler blieben davon nicht unbeeindruckt. Adolf Kraus, unser Klassenlehrer in der Oberstufe und Alter Herr, schwärmte von den Korporationen, wir hängten Tucholsky-Zitate an das Schwarze Brett der Klasse, die den Ungeist dieser Männerbünde belegten und belachten. Gerade waren die ersten Tucholsky-Taschenbücher bei rororo erschienen, schon kamen uns seine Satiren aus den zwanziger Jahren wie gerufen. Die waren dreißig Jahre später immer noch aktuell und hilfreich – heute tröstet mich diese Tatsache, wenn ich die Folgenlosigkeit all meiner eigenen Satiren bedenke: Vielleicht kann die ja doch noch mal jemand brauchen.

Gernhardt »picassot«

Unser Englischunterricht muß alles in allem in Ordnung gewesen sein, da ich noch heute ein passables Englisch spreche, ohne daß ich während oder nach der Schulzeit viel mit Engländern oder Englischem zu tun gehabt hätte. Zu den diversen Englischlehrern aber fallen mir Vorgänge ein, die wenig mit ihrem Fach und viel mit ihrer Person zu tun hatten. Biesterfeld bewahre ich ein ehrendes Andenken, da er mich da bestärkte, wo er mich hätte niedermachen können. Statt der geforderten simplen Nacherzählungen eines englischen Zeitungsberichts über die Regatta zwischen Oxford und Cambridge hatte ich die Reportage eines erfundenen Reporters geschrieben, doch trotz der durch diese Erzählweise vermehrten Fehler gab Biesterfeld mir eine gute Note und lobte den ungewöhnlichen Einfall. Studienrat Flock war das reine Gegenteil, seine dreiste Borniertheit verletzte den Schüler und läßt noch den erinnernden Erwachsenen nicht kalt. Flock hatte an alle Schüler Ausschnitte aus unterschiedlichen englischen Zeitungen verteilt – offenbar ohne sie zuvor gelesen zu haben – mit der Auflage, den jeweiligen Inhalt in der nächsten Stunde zu referieren. Mir hatte er einen ironischen, geradezu bissigen Bericht über das englische Public-School-System gegeben, den ich fast wörtlich referierte, wobei ich immer häufiger unterbrochen wurde, zuerst von lachenden Mitschülern, dann von Flock, der mich anherrschte, ich möge meine Witzeleien lassen. Die Witze ständen alle im Text, erwiderte ich, worauf Flock mich anbrüllte, daß das nicht wahr sei. Er solle ihn doch lesen, schlug ich vor, ein Ansinnen, das Flock rundweg ablehnte und mit einer Strafarbeit ahndete.

Kauenhoven, ein weiterer Englischlehrer, war eine für uns Schüler ungewohnt elegante Erscheinung, er trug z. B. eine Fliege. Man erzählte sich von ihm, er forsche in seiner Freizeit über Danziger Mennonitenfamilien, auch sammle er moderne Graphik und sei mit dem Kunsterzieher Zimmer befreundet. Auf jeden Fall war er nicht daran interessiert, jenes Räuber- und Gendarm-Spiel mitzumachen, das sich Klassenarbeit nennt. Hinter einer Zeitung oder einem Buch verborgen ließ er uns nach Herzenslust abschreiben, derart ungefährdet, daß uns die Regelverstöße keinen richtigen Spaß mehr machten – ein Akt repressiver Toleranz, lange bevor der Begriff zur Hand war, dieses schändliche Tun gebührend zu geißeln.

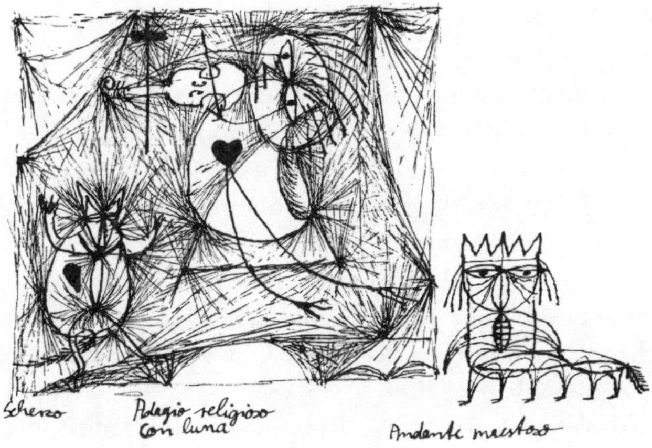

Gernhardt »kleet«

Der Name Zimmer ist bereits gefallen, unzweifelhaft einer der lebendigsten Kunsterzieher meiner Schulzeit, neben Lehrern wie Ahrens oder Herzog, alles sicher nicht zufällig Maler und Musiker, die trotz der festen Anstellung nicht damit aufgehört hatten, zu malen und zu komponieren.

Auch Kampe, unser Lateinlehrer während der Oberstufe, war ein wacher Geist, der ironisch über den Niederungen schlichter Stoffvermittlung schwebte. Er hatte nicht nur am Afrika-Feldzug teilgenommen, er war auch in den USA gefangengehalten worden, exotische Extravaganzen, die ihn ebenso von der gemeinen Lehrerschaft abhoben wie sein Fachwissen, welches den Schulrahmen geradezu zu sprengen schien und bereits Universitätsniveau aufwies.

So anspruchsvoll jedenfalls wirkte Kampes Unterricht neben dem eines braven Schulmannes wie Kraus, diejenigen Schüler aber, die seinen Ansprüchen nicht gerecht zu werden vermochten, erlebten unter ihm keine allzu angenehmen Stunden und sicherlich auch manch schmerzhafte Zurücksetzung.

Zurück zu Kraus: Der ist in meiner Erinnerung ein Prototyp jener Männer, die das Klima im Nachkriegsdeutschland bestimmten. Von den Werten ihrer Jugend versuchten sie zu retten, was zu retten war, was aber nicht zu retten war, wurde nicht etwa beklagt und verurteilt, sondern geleugnet oder verschwiegen.

Doch hatte sich außer einigen veränderten Vorzeichen nach 45 eigentlich sehr viel verändert? Nach wie vor galten Dienstwege und Vorschriften, jene mußten eingehalten und diese derart buchstabengetreu befolgt werden, daß der Lehrer vor jeder Kritik von oben sicher war. Daß es auch eine von unten, von den Schülern, geben könnte, war jemandem wie Kraus gleichgültig, da sie ihm nicht schaden konnte; auch sah er in ihr lediglich beklagenswerte, jedoch vorübergehende Auswirkungen der Pubertät bzw. die Folgen des Fehlens väterlicher Autorität im Elternhaus. Seinen Deutschunterricht wickelte er fahrplanmäßig ab; welcher Dichter laut Lehrplan dran war, der war dran, wobei Kraus auch deren Texte wie Vorschriften behandelte: Was da in den Werken geschrieben stand, war über jeden Zweifel erhaben.

Gelegentliche kritische Einwände wie »schwülstig« oder »hohl« oder »langweilig« wies Kraus mit einer Entschiedenheit zurück, als ob sie ihm selber gegolten hätten, allerdings begeisterte er sich auch für keinen der von im vorgestellten Dichter bzw. Schriftsteller, zwei Begriffe, die es damals sauber auseinanderzuhalten galt. So hörten wir einen materialreichen trockenen Abriß der deutschen Literatur, dessen wertkonservative Schlagseite um so deutlicher wurde, je näher wir dem 20. Jahrhundert kamen.

Doch sosehr die Richtung auch dem Denken von Kraus entsprach, so wenig Schuld trug er an diesem Rechtskurs. Der war vom Lehrplan vorgegeben und von Deutschbüchern, in welchen Ortega y Gasset oder Friedrich Georg Jünger das Denken und Rudolf Alexander Schroeder oder Ernst Jünger das Dichten der Zeit repräsentierten. Kraus hätte uns sicherlich auch Bertolt Brecht oder Kurt Tucholsky vorgestellt, doch standen die nun mal nicht auf dem Lehrplan; jedenfalls erinnere ich mich nicht, daß einer der beiden im Unterricht behandelt worden wäre.

Es gab jedoch eine Tucholsky-Matinee vor versammelter Oberstufe, das Unternehmen einer höheren Klasse, an das ich verwundert zurückdenke. Und es gab Tucholskys Bücher außerhalb der Schule, ein Umstand, der Kraus immerhin so sehr beeindruckte, daß er nicht gegen unsere bereits erwähnten Tucholsky-Zitate einschritt. Wie es ja auch anderweitig einigen Spielraum für Schülerinitiativen gab, zumindest während meiner Oberstufenzeit, nur daß der Schüler, der diese Möglichkeiten nutzte, dies ganz und gar auf eigene Verantwortung tat.

Wer Nachmittage und Freistunden damit zubrachte, Dekorationen für Schulbälle zu entwerfen und zu malen oder Bühnenbilder für Schulaufführungen, wer bei diesen Aufführungen mitwirkte, wer Texte für die Schülerzeitung schrieb oder für Unterhaltungsabende im Schullandheim, der durfte nicht einen Augenblick damit rechnen, durch derlei Tätigkeiten seine Noten oder auch nur sein Ansehen zu verbessern, im Gegenteil. Normalerweise litten die Zensuren wegen des Zeitverlustes und manchmal auch aus anderen Gründen. Meine erste Satire wurde in einer Schülerzeitschrift gedruckt, die »Impuls« hieß – glaube ich zumindest, da ich leider kein Exemplar des Heftes oder des Textes mehr besitze. Thema war der Deutsche Aufsatz, genauer: die betuliche Formulierung mancher Aufsatzthemen, etwa »Vom rechten Schenken und Beschenktwerden« oder »Weisen Sie anhand von Beispielen nach, wie Walter von der Vogelweide von Natur und Minne singt« – eine altfränkische Ausdrucksweise , die, jedenfalls behauptete ich das, ebenso altfränkische Aufsätze nach sich zog: Wie man in den Wald ruft …

So etwas wurde von höherer Stelle nicht gerne gelesen, jedoch auch nicht beantwortet, zurückgewiesen oder offen geahndet – alles in allem eine gute Vorschule für das, was mich später im richtigen Satirikerleben erwarten sollte.

Nachbemerkung

Die Erinnerungen schrieb ich für einen, wie ich glaubte, guten Zweck nieder: Die heute Felix-Klein-Gymnasium genannte Göttinger Bildungsanstalt feierte 1988 ein Jubiläum – das hundertjährige Bestehen? das fünfzigjährige Gebäudejubiläum? –, und zu diesem Zweck sollte eine Erinnerungsschrift erscheinen. Ein Studienrat, dessen Name mir entfallen ist, bat mich um Materialien aus meiner Schulzeit: er wolle sie für einen durchaus auch kritischen Rückblick auf Schule und Lehrer der letzten Jahrzehnte verwenden. Diesem Anlaß verdanken meine Reminiszenzen den trockenen Ton und die kunstlose Form – der Text sollte ja nicht für sich stehen und bestehen können. Wenn ich ihn jetzt doch veröffentliche, dann aus zwei Gründen. Erstens, weil der Studienrat überhaupt keinen Gebrauch von meinen Worten gemacht hat, vermutlich paßten selbst diese moderat kritischen Porträts nicht in das, was dann ganz schamlos als Festschrift auftrat. Und zweitens gefiel mir der Tonfall beim Wiederlesen. So ganz ohne Zorn, Eifer, Pointe und Aspekt hatte ich nur schreiben können, weil nicht der jetzige Schriftsteller um Literatur, sondern der ehemalige Schüler um Material gebeten worden war. Vielleicht kann ja doch noch jemand etwas damit anfangen.

Einer der mich während meiner letzten Schuljahre in meinen Kunstversuchen bestärkt hatte, war mein Kunsterzieher, der Studienrat Erich Zimmer, gewesen. Ein Pädagoge, der trotz seiner fünfzig Jahre im Herzen stets Künstler geblieben war, ein Künstler, welcher, wie viele damals, gegenständliches Gestalten dadurch zu rechtfertigen und zu adeln suchte, daß er statt der zufälligen Gestalt des Motivs den ihr zugrundeliegenden zeitlosen Gehalt darstellte.

Ich hatte meinen Lehrer ein Jahr lang nicht mehr gesehen, da begegnete ich ihm während der Semesterferien, als ich gerade von einem unweit Göttingens gelegenen Kuhstall zurückkehrte, in welchem ich, nicht zum ersten Mal, die ebenso geduldigen wie ausdrucksvollen Tiere zeichnend zu ergründen gesucht hatte. Prüfend musterte der Lehrer die Federzeichnungen des Studenten, dann sagte er mit einem Anflug von Stolz: »Das ist eben der Unterschied zwischen uns. Sie zeichnen Kühe, ich gestalte das Kuhhafte.«

Gernhardt »mataréet«: Kuhhafter Holzschnitt (Klasse 13)

In Ligurien, Farbiger Linolschnitt 1953

NACH ITALIEN

Da G schon früh die Berufung zum Künstler in sich verspürte, stand für ihn bereits in jungen Jahren fest, daß er nach Italien fahren müsse. Kaum fünfzehn geworden, machte er denn auch seine erste Tramp- und Kunstreise in den Süden, von der er, auch das war Ehrensache, nicht anders als mit einem Packen Zeichnungen zurückkehren durfte, die, alle vor der Natur gezeichnet, mit der feinen Zeichenfeder ausgeführt sein mußten, wobei der artistische Reiz des Unternehmens darin lag, möglichst viele Natureindrücke in einem einzigen, nicht unterbrochenen, sich also vielfältig überschneidenden Strich wiederzugeben. Das Wissen, daß das so sein müsse, verdankte G einem älteren Mitschüler, der, ebenfalls angehender Künstler, die unerläßliche Kunstreise bereits ein Jahr zuvor, 1952, gemacht und von ihr einen Packen Zeichnungen mitgebracht hatte, die, vorwiegend in einem einzigen, ununterbrochenen Strich gezeichnet, sogleich im Zeichensaal I ausgehängt worden waren und Gs tiefe Bewunderung erregt hatten. Bevor G auch nur einen Schritt auf italienischen Boden gesetzt hatte, war ihm überdies bereits klar gewesen, worauf er dort sein Künstlerauge zu richten habe. Kaum in Italien, zeichnete er denn auch sogleich all das, was Übereinkunft und Zeitgeist ihn als malerisch, pittoresk oder irgendwie kunstwürdig einzustufen gelehrt hatten: enge Gassen, in denen Wäscheleinen von Haus zu Haus gespannt waren, schwarzgekleidete Frauen, die große Gefäße auf dem Kopf trugen, Städte, die sich vielfältig geschachtelt Berge hochzogen, Felsen, die in bizarren Formationen ins Meer stürzten, Palmen – er bereiste die Ligurische Küste –, Fischerboote, netzeflickende Fischer mit hochgekrempelten Hosen und ärmellosen blauen Unterhemden und vor allem Agaven. Die Agave nämlich erfüllte in vorbildlicher Weise alle Anforderungen, die Gs Kunstwollen an ein Motiv stellte, und darin war er sich, ohne es zu wissen, zutiefst einig mit dem Kunstwollen seiner Zeit und seines Landes: die Agave war exotisch, stimmungsvoll, ja melodramatisch und zugleich großformig, kubisch, geradezu abstrakt, außerdem leicht in einem Strich zu zeichnen. Das hatte zur Folge, daß G auf seinen Zeichnungen auch da noch Agaven hinzufügte, wo in Wirklichkeit gar keine Agaven zu sehen waren. Er setzte sie meist in den Vordergrund und nie ohne leises schlechtes Gewissen, hin- und hergerissen zwischen Naturwirklichkeit und Kunstwahrheit, die beide auf ihr Recht pochten, wobei sich G im Zweifelsfall stets für die Kunstwahrheit entschied – daheim in Göttingen würde ja doch niemand mehr nachprüfen können, ob auf dem fraglichen Fleck, an den sie ganz einfach hingehörte, eine Agave gestanden hatte oder nicht.

WIE ICH DICHTER WURDE

Erinnerung an eine Fahrt der Klasse 13d der Göttinger Felix-Klein-Oberschule

Gefragt, wann er denn das erste Mal die Berufung zum Dichter verspürt habe, überlegte der Befragte nur kurz, um sodann folgendermaßen zu beginnen: »Es war auf dieser Klassenfahrt im Jahr, das dem Abitur voranging, demnach 1955, und ich stolze siebzehn Jahre alt. Sommer rundum, der Reisebus fuhr die Mosel entlang, an Bord meine Klasse, die 13d, ein fröhlicher Haufen, und neben dem Fahrer der Klassenlehrer Adolf Kraus, der dann ein so schlimmes Ende nehmen sollte.

Saß sein Mörder mit im Bus? Vermutlich, da Kutte ja erst im Herbst, bei der Bekanntgabe der Vorzensuren vom Abitur ausgeschlossen worden war, wegen dieser Sechs in Latein, die jedoch, wie er später erfuhr, von Rechts wegen gar nicht hätte verhängt werden dürfen, da bereits bei der Vorzensur die Abitursnotengebung galt, und die sah nun mal keine Sechs vor und damit keine Relegation eines einzigen Fachs wegen – was wiederum sein Rechtsgefühl und ihn derart gekränkt hatte, daß er Jahre später den Revolver nicht auf den – wenn es denn überhaupt einen Schuldigen gegeben hatte – Lateinlehrer richtete, sondern auf Kraus, zuständig für Deutsch, Religion und Geschichte, ein reichlich dröger Typ, nun aber, während der Moselfahrt gut aufgelegt, ja aufgekratzt und voller sorgfältig vorbereiteter Schmankerl, wie jenem, das er bei der Durchfahrt durch Kröv zum Besten gab, und das sich selbstredend um den – ho ho horribile dictu! – ›Kröver Nacktarsch‹ getauften Wein drehte. Über Mikrofon mitgeteilte Anekdoten, die wir Schüler mit hoffärtig übertriebener Heiterkeit zur Kenntnis nahmen, hielten wir uns doch für verdammt scharfe Hunde und waren es wohl auch, wenn ich an die wenigen, zufällig erhaltenen Schnappschüsse von dieser Reise denke: Die Jungs von der 13d haben, glaube ich, nie schärfer ausgesehen als damals. Die – nicht ich. Die nämlich waren im Schnitt zwei Jahre älter als ich, junge Männer also, von denen nicht nur mein Milchgesicht deutlich abstach. Wir lebten ja noch in einer Welt vor Benetton, Adidas oder Armani; noch waren weder der junge Mensch noch der junge Mann als Konsumenten von Interesse, so daß wir Jugendlichen zwischen zweierlei Kleidung wählen konnten: praktisch oder erwachsen. Praktisch waren Windjakken, erwachsen waren Jacketts; die Windjacken trugen außer mir wohl nur noch Bockemühl und der eine oder andere der jüngeren oder an Kleidungsfragen desinteressierten Schüler, der Rest war in Jacketts gekleidet, was den mageren, gutfrisierten Gestalten jene Aura zeitloser Jugendlichkeit verlieh, die in den 60er Jahren unwiederbringlich über Bord gehen sollte, da es von da ab möglich war, den jeweiligen Abitursjahrgang anhand der gerade modischen Accessoires exakt zu datieren – ich vermute bis auf ein, zwei Jahre genau.«

Er unterbrach sich und blickte sein Gegenüber fragend an: »Was wollte ich eigentlich erzählen?« »Wie Sie Dichter geworden sind. Oder, richtiger: Wann Sie erstmals die Berufung zum Dichter in sich verspürt haben.«

»Wollte ich das? Nun gut: Wir fahren also die Mosel entlang, übrigens nur eine Etappe dieser Fahrt, die recht eigentlich in Trier begann, dann moselabwärts bis zum Rhein führte, sodann rheinabwärts nach Bonn, dem eigentlichen Ziel der Unternehmung. Denn dort, im Bundestag, bekamen wir anhand der lustlos im schwachbesetzten Hause geführten Debatte um irgendeinen Veränderungsvorschlag zum Deichausbesserungsgesetz einen Einblick in das Funktionieren unserer Demokratie, wobei es uns Schülern der 13d dank Kraus vergönnt war, noch eine weitere Facette des politischen Alltags kennenzulernen, da unser Klassenlehrer in Bonn einen Studienfreund wußte, den Bundesbruder Sonnemann, seines Zeichens Staatssekretär im Landwirtschaftsministerium unter Heinrich Lübke und dank seiner Zugehörigkeit zu einer schlagenden Verbindung mit einer ebenso zerhackten Fresse begabt wie unser Pauker. Unvergeßlich, wie wir Schüler nach angemessener Wartezeit ins Büro des Staatssekretärs gerufen wurden, in welchem die beiden Alten Herren bereits dicke Zigarren entzündet hatten und nun unter schallendem Gelächter Alte Kameraden mimten, ein Anblick, der wohl nicht nur bei mir die Reaktion ›So will ich mal nicht werden‹ hervorrief, sondern auch beim Rest der Klasse, da sich meines Wissens kein einziger während des Studiums einer Verbindung, einer schlagenden gar, angeschlossen hat. Ja…«

Innehaltend suchte der Berichtende wiederum die Augen seines Gegenübers: »Wovon wollte ich nochmal erzählen?«

»Von Ihrer Berufung zum Dichter, und wann Sie die das erste Mal verspürt haben.«

»Ja richtig! Auf dieser Moselfahrt natürlich – naja... So natürlich war das nun auch wieder nicht. Denn das Wort ›dichten‹ darf man nicht im landläufigen Sinne verstehen. Keine Rede davon, daß ich versucht hätte, die Qualen des Heranwachsenden in Worte zu fassen oder auch nur die Freuden erster prägender Begegnungen mit Kunst und Natur. Bisher hatte ich lediglich hier und da Gereimtes für Familienfeiern und bunte Klassenabende verfaßt, nicht ohne Geschick, aber vollkommen unpersönlich fabrizierte Unterhaltungsware. So unpersönlich wie jene Hervorbringungen jener Episode dieser Klassenfahrt, die mir dennoch immer wieder dann in den Sinn kommt, wenn ich mir wieder mal überlege, wie alles angefangen haben könnte...

Busfahrten, auch die mit viel Hallo begonnenen, sind auf Dauer eintönig, und unsere Klassenfahrt machte da keine Ausnahme. Irgendwann längs der Mosel hatte der Lehrer sein Anekdotenkästchen bis auf den Grund geleert, hatten wir Schüler begriffen, wie die Mosel gebaut war, geschichtsträchtig, eng und kurvenreich. Doch Not macht erfinderisch, Langeweile regt zum Singen an. Beides verbindend waren wir nach, ich weiß nicht mehr welchen, Umwegen beim damals populären Schlager ›Gebn Sie dem Mann am Klavier nochn Bier, nochn Bier‹ gelandet. Ursprünglich von, wenn ich mich recht erinnere, Paulchen Kuhn gesungen, wurde er nun von uns Schülern im Chor vorgetragen, wobei die Freude an der gereimten Albernheit zwar allgemein , aber doch recht begrenzt war, da wir die Worte dieses rondoartig gebauten Liedchens relativ rasch hinter uns gebracht hatten: ›Spieln wird er Ihnen dafür, Ihnen dafür, Ihnen dafür das Lied von dem Mann am Klavier, darum geben Sie dem Mann nochn Bier.‹ So oder so ähnlich. Lustig, aber nach einigen Wiederholungen ebenfalls langweilig. Da schritten wir zur Selbsthilfe. Wer den Anfang gemacht hat? Sicherlich jemand von der allerdings nicht allzu klar umrissenen Künstler- und Unterhalterfraktion unserer Klasse, also Rudi Kühn oder Krischan Bockemühl. Ich gar? Keine Ahnung, aber plötzlich waren wir alle auf der Schiene, sah sich jeder aufgefordert, sein Scherflein zur allgemeinen Belustigung und zum sich abzeichnenden Unterhaltungsprojekt beizutragen. Freilich: Viele sind berufen, doch nur wenige sind auserwählt. Vielleicht war das Projekt auch nicht jedermanns Sache, mir freilich leuchtete es auf Anhieb ein; eifrig trachtete ich danach, mein Scherflein, ganze Scherfe richtiger gesagt, beizusteuern.

Den Anfang der ganzen Unternehmung bildete, vermute ich heute, die Zeile ›Gebn Sie dem Mann an dem Horn nochn Korn, nochn Korn‹ – und damit war ein nur schwer zu überbietender Maßstab gesetzt: Der Schritt vom Tasten- zum Blasinstrument war ebenso zwingend, wie der vom Bier zum Kurzen. Der Versuch, beiden Vorgaben gerecht zu werden freilich, der instrumentalen wie der alkoholischen, sah sich bald in einer Sackgasse, zeitigte jedoch auf diesem Wege einige kuriose, wenn auch holprige Zeilen: ›Gebn Sie dem Mann an den Schalmein nochn Wein, nochn Wein‹ oder ›Gebn Sie dem Mann an der Orgel was für die Gorgel, was für die Gorgel‹. Mit ›Gebn Sie dem Mann an dem Bass nochne Maass, nochne Maass‹, gelang zwar ein ganz passabler Abschluß dieser Recherche, dann aber beschlossen alle wie auf Kommando, es bei lediglich einem Schwierigkeitsgrad zu belassen, bei den wechselnden Instrumenten, die fortan auf Reimwörter warteten, die nichts Trinkbares mehr bezeichnen mußten: ›Gebn Sie dem Mann an der Bratsche nochne Watsche, nochne Watsche‹ oder ›Gebn Sie dem Mann an der Geige nochne Feige, nochne Feige‹ oder, und damit schwenkte die Unternehmung, noch zögernd, in ein weiteres, in das, sagen wir mal, erotische Fahrwasser ein: ›Gebn Sie dem Mann am Spinett nochn Bett, nochn Bett‹.«

Der Erzählende hielt inne, um sodann mit erhobener Stimme fortzufahren: »Wer jemals eine derartige Situation kollektiver Denk- und Reimanstrengung erlebt hat, der weiß auch um das Gespannte, ja unnatürlich Angespannte der gemeinsamen Bemühung. Man glaubt die Hirne förmlich knacken zu hören, die da rasend nach – in diesem Fall – noch nicht verheizten instrumentalen Anfangswörtern suchen im Vorgriff auf passende, möglichst überraschende Reimwörter. Geige? War schon. Klarinette? Zu lang. Cello? Bello, Dello, Mello, Sello – bringt nichts. Kornett? Zu nah an Spinett. Trommel? Bommel, Hommel, Wommel – Quatsch. Aber Trummel? Gebn Sie dem Mann an der Trummel nochn Fummel, nochn Fummel – Gelächter belohnt die Keckheit, der Fummel reißt raus, was die Trummel an anfänglicher Befremdung ausgelöst hatte …

Gelächter – denn dafür arbeiteten ja alle Hirne. Wirklich alle?

Erinnerung verklärt, und wenn ich heute, nach mehr als vierzig Jahren, die gesamte 13d am gemeinsamen Dichtungs- und Erheiterungswerk sehe, alle bestrebt, den Mitschüler zu überraschen und den Klassenlehrer zu verstören, dann sagt mir die Lebenserfahrung zugleich, daß es nie alle sind, die sich, in welcher Runde immer, dazu aufgerufen und berufen fühlen, zur allgemeinen Unterhaltung und Erheiterung beizutragen. Die geradezu schmerz- und zwanghaft die Pausen zwischen Lacher und Lacher als Aufforderung erleben, auf den Schelm rasch anderthalbe zu setzen. So empfindet naturgemäß immer nur eine Minderheit, die Mehrheit aber lehnt sich zurück und erwartet den nächsten Einfall. Lehnt sich aus verschiedenen Gründen zurück, alle benennbar und begreifbar: Weil die sich Zurücklehnenden wissen, daß sie nicht zum Unterhaltungsgewerbe taugen, wegen Schüchternheit, Einfallslosigkeit oder allzu ausgeprägter Ernsthaftigkeit. Weil sie nicht einsehen, wieso ausgerechnet sie etwas zur Unterhaltung der anderen beitragen sollten. Weil sie sich lieber selber unterhalten lassen. Was aber treibt die Minderheit an, sich der Mühe zu unterziehen, andere zu unterhalten? Da nun kann und darf die Antwort nicht derart simpel ausfallen. Sage ich, und ich sage es nicht nur pro domo. Was uns – aber wer waren wir eigentlich außer vielleicht Kühn und Bockemühl? Hatte Baldy mitgemacht? Baetghe mitgedacht? Fricke? Der wohl nicht. Henne? Unwahrscheinlich. Dorn, Dittmar, Hoppe? Aber war letzterer nicht schon in der Zwölften hängengeblieben und daher nicht mehr mit von der Moselpartie? Kutte? Der hatte wohl bestenfalls mitgelacht, keinesfalls aber Lachen erregt. Fröse, Rink, Meier-Lohmann? Alles Ernstmacher. Pinder oder Oschmann? Pinder wäre es zuzutrauen gewesen, aber Oschmann? Wie immer: Was den harten Kern, den ich in aller Vagheit ›uns‹ nenne, dazu antrieb, zur allgemeinen Unterhaltung beizutragen, dürfte nicht so leicht festgestellt werden können. Der Wunsch, im Mittelpunkt zu stehen? Sicher. Aber ebenso sicher wie das Bestreben, im Verband zu funktionieren und dessen Zusammenhalt zu fördern, war da auch das Bemühen zu konstatieren, einem Gesetz zu gehorchen, das zwar ersteres stützte, zugleich aber dem ihm unterworfenen Ich einen Gehorsam abverlangte, der nicht mehr auf so schnöde Begriffe reduziert werden konnte wie Gruppenspaßmacher oder Klassenclown. Denn die – aber nochmals: Wer waren *die* eigentlich? Wäre es nicht angemessener fortzufahren: Denn *der*? Also gut: Denn der, der da pausenlos den Speicher der Instrumente und der dazu passenden Reimwörter abruft, untersteht längst nicht mehr dem Gruppenkomment, sondern dem Reimgesetz, und so sehr er sich bemüht, der Gruppe die ersehnten, zumindest erwarteten Happen vorzusetzen, so unbedingt weiß er sich einem Zusammenhang verpflichtet, den er lediglich nutzen, nicht aber nach Gutdünken modeln kann, der Sprache. Einer Sprache, die hier Wortgleichlautungen in großer Zahl bereitstellte, sie an anderer Stelle aber gänzlich zu verweigern schien. Klavier, Bier, Fakir, Klistier, Stier – dagegen Harfe! Garfe, Marfe, Scharfe –Scharfe! Gebn Sie dem Mann an der Harfe nochne Scharfe, nochne Scharfe, und unter Gelächter werden die Worte aufgegriffen: Darauf muß man erst einmal kommen!

Man? Sicher ist lediglich, daß da noch mindestens einer weiterforscht und der um sich greifenden Ermattung durch immer neue Funde entgegenzuwirken sucht: Gebn Sie dem Mann am Fagott nochn Kompott, nochn Kompott… Das Gelächter hält sich in Grenzen, der Verantwortliche weiß, daß er von Rechts wegen aufgeben müßte: Die Schiene ist ausgeleiert, die Sache gelaufen, das Pferd nach menschlichem Ermessen zu Tode geritten… Zugleich aber fühlt er entgegen aller Einsicht, da sei etwas Entscheidendes noch nicht zu Wort gekommen, aber was, aber was?«

»Später«, so sagte der Berichtende unerwartet nachdenklich, »sollte ich solche Momente zur Genüge kennenlernen, immer dann, wenn ich mich in einen Reim- oder sonstwie gearteten Sprachzusammenhang hineingedichtet hatte, aus dem es nach menschlichem Ermessen keinen Ausweg mehr geben konnte. Ich erinnere mich eines Romgedichts, das sich nicht nur reimen, sondern zudem ausschließlich aus einsilbigen Worten bestehen sollte, eine, wenn man so will, mir von mir persönlich auferlegte Gedichtbauvorschrift, die der ganzen Unternehmung den zugleich gefürchteten wie ersehnten Zug ins Un- bzw. Überpersönliche gab: Folge mir nach, auch wenn es dich hart ankommt.

Und es kam mich hart an, der Piste ›Arm eng, arm schlecht, arm grau, arm dicht ...‹ über drei vierzeilige Strophen bis zum schließlich doch noch glücklichen Ende zu folgen: ›Reich Ruhm, reich Kunst, reich Glanz, reich Gott‹ – aber, was taugen schon Gedichte, bei denen es einen weich ankommt?«

Er blickte auf, als erwarte er eine Antwort, fuhr dann aber brüsk fort: »Wir, wer immer das gewesen sein mag, waren also erwartungsgemäß auf die erotische Piste eingeschwenkt, was zu unguten Zweideutigkeiten ebenso geführt hatte – ›Gebn Sie dem Mann an dem Becken was zu lecken, was zu lecken‹ – wie zu uninspirierten Eindeutigkeiten wie ›Gebn Sie dem Mann an der Posaune noch ne Braune‹, ein nicht nur uninspirierter, sondern, schlimmer noch, unrhythmischer Zusammenhang, da das Instrument der Vorlage folgend höchstens zweisilbig sein durfte; das freilich waren Überlegungen, die in diesem Bus, der da immer noch unbeirrt die Mosel entlangfuhr, nur noch einen – den einzig wachen? – Geist unter den immer schläfrigeren Jünglingen beschäftigte, jenen Benjamin, der immer noch nicht wahrhaben wollte, daß die ›Gebn Sie dem Mann‹-Kiste gelaufen sein sollte, der, unbeirrt durch das ihn umgebende Gähnen und das bereits wieder einsetzende halblaute Geschwätze seinem Stern folgte, besser: nicht abließ, nach der sagenhaften Blauen Blume zu suchen, die, das fühlte er mit allen Sinnen, irgendwo auf einer Lichtung im unergründlichen Wald der Sprache für ihn blühte und auf ihn wartete, er mußte lediglich das Zauberwort finden und aussprechen – und da, als er sich bereits entmutigt auf den Heimweg machen wollte, stieg es vor ihm auf, zweisilbig und volltönend, strahlender Vorschein der blauen Reimblume, die nun, da einer sie gefunden hatte, allen in ihrer ganzen Pracht derart sichtbar wurde, daß der Finder darauf verzichten konnte, sie beim Namen zu nennen, es genügte ja, das Zauberwort möglichst schmetternd in die Ohren der Ermatteten zu singen, um die sogleich wie elektrisiert aufhorchen und auflachen zu lassen: Gebn Sie dem Mann an der Lure noch ne – aber dann gab es natürlich doch einen, der sich nicht mit dem bloß gedachten Reimwort auf das germanische Blasinstrument begnügen konnte, sondern es hinauskrähen mußte – zur innigen Vergewisserung, daß es ihm gelungen war, mitzudenken und mitzufinden? Weil es einfach rausmußte, das umwitterte Wort? Weil der Krähende hoffte, auf diese Weise etwas von jenem süßen Klassenapplaus naschen zu können, der ihm mangels sonstiger Einfälle niemals zuteil geworden war? Oder ging es ihm darum, dem Klassenlehrer auf die Sprünge zu helfen, der sonst womöglich gar nicht mitgekriegt hätte, welche Keckheiten sich da hinter seinem Rücken abspielten? Wie immer: Der aus unerfindlichen Gründen Diedolf genannte Klassenkamerad krähte es hinaus, und da es nun einmal raus war, wurde das Wort von den anderen aufgegriffen, wurde der Zusammenhang erst verhalten, dann im Vollgefühl des Rechts der Jugend, auch mal über die Stränge schlagen zu dürfen, hinausgesungen, ja gebrüllt: ›Geeebn Sie dem Mann an der Lure noch ne Hure, noch ne Hure…‹

Einer aber sang nicht mit, sondern tat das, was die anderen zuvor praktiziert hatten. Er lehnte sich in den Sitz zurück im Bewußtsein, nun endlich Ruhe geben zu dürfen: Das Wort war gesagt, die Blume gefunden, die Recherche beendet.

Diese Recherche, richtiger gesagt. Viele sollten folgen, immer seltener in Gemeinschaft, immer häufiger alleine vor dem Blatt Papier vollzogen, eigentlich herzlich sinnlose Suchbewegungen innerhalb immer strenger abgesteckter Reviere, von denen ich auch heute noch nicht zu sagen weiß, was sie mir seit jenen Schülertagen so verlockend erscheinen läßt: Weil alles Gestaltete in dieser Welt voll Wandel und Ungestalt sinnvoll ist? Weil alles gesagt werden darf, wenn es nur gut, das meint: formvollendet gesagt wird? Weil alles gesagt und gereimt werden muß, ohne Ansehen von Sinn und Würdigkeit, weil anders die Welt nicht erlöst werden kann? Weil es Dinge gibt, die höher sind als alle Vernunft, jedenfalls die des je Einzelnen?«

Der Berichtende warf den Kopf in den Nacken, als könne er die Antwort dem Himmelsblau entnehmen. Doch da dem nicht so zu sein schien, blickte er alsbald wieder auf sein Gegenüber, um das Thema fast unwirsch zu beenden: »Immerhin weiß ich heute zweierlei, was ich damals nur ahnte. Es ist das Gedicht nicht nur Sprachrohr des wodurch immer gequälten Ichs, zu sagen, was es leide. Immer sagt es zugleich ›du‹ und manchmal auch ›wir‹, sei es bei so kollektiven Denk-, Dicht- und Sauigelanstrengungen wie es Wirtinnenverse sind oder unser Busprojekt war, sei es bei so überpersönlichen Formvorgaben, wie das Sonett eine ist: Jeder, der heute noch ein Sonett zu dichten sich unterfängt – und es sind immer noch viele, die sich dieser jahrhundertealten Herausforderung stellen – jeder, sage ich, verzichtet auf so persönliche dichterische Persönlichkeitsrechte wie Metrum, Reimschema und Zeilenzahl, um in die Reihen derer eintreten zu dürfen, die bereits mit dem vier- bis fünfhebigen Vierzehnzeiler die Klingen kreuzten, trifft's nicht ganz… die bereits erfolgreich Jagd machten auf den vierzehnzeiligen Vier- bis Fünfheber... auch nicht... Die... Na ja: Die sich zumindest nach bestandener Sonettprüfung zu jenem bis ins vierzehnte Jahrhundert reichenden Orden der Sonettiers rechnen und von sich sagen dürfen: Petrarca und ich, oder auch: Shakespeare und ich, oder doch: Brecht und ich – aber genug geredet. Ich glaube, wir haben es.«

Nicht ganz, wurde dem Verstummten entgegengehalten. Er habe von »zweierlei«, das er seither wisse, gesprochen. Bisher aber sei nur eine Erfahrung zur Sprache gekommen.

»Es freut mich, daß Sie nicht von ›Einerlei‹ gesprochen haben«, erwiderte der Angesprochene, und fuhr fort: »Die zweite Erfahrung hat damit zu tun, daß ich wohl mehr als das Gros meiner Altersgenossen an Langeweile gelitten haben muß. Mehr, nicht häufiger. Tiefer, wenn denn Langeweile auch in die Tiefe gehen kann. Verzweifelter, um es ganz deutlich zu sagen. Es gab zwar Lernen, Lesen, Reden, Radfahren und Schwimmen, doch diese Tätigkeiten boten keinen Schutz davor, immer wieder in die Abgründe entsetzlichster Langeweile zu versinken, bei Schulstunden, im Lesesaal der Stadtbücherei, während der Radfahrt zur Plesseburg, auf der Klassenfahrt im Reisebus. Eine Langeweile, aus der, das fühlte ich bereits, nichts und niemand mich würde erretten können, wenn ich nicht selber auf Rettungsmittel sann. Denn, und das wußte ich schon, ich war nicht zur Langeweile verdammt. Holzschneidend und malend hatte ich sie bereits erfolgreich in die Schranken verwiesen, nun zeichnete sich neben dem Bild ein weiterer Helfer ab, das Wort. Leichter verfügbar als das Bild, gemeinschaftsstiftender, raschere Belohnung und Befriedigung verheißend. Allerdings auch flüchtiger, wenn nicht windiger. Auf jeden Fall aber vielversprechend – und es hat sein Versprechen gehalten. Mit achtzehn habe ich mir geschworen, mich nie wieder zu langweilen, und ich habe mich nie wieder gelangweilt.«

»Höchstens andere,« setzte der Berichtende achselzuckend hinzu. »Selbst dran schuld, die Gelangweilten. Warum dichten sie nicht selber?«

Auf den Lateinlehrer Otto Kampe

Er ist wie Crassus sehr gerissen
und so beredt wie Cicero.
Wie Maecen ist er kunstbeflissen,
ein Wüstenfuchs wie Scipio.

Lukullus gleicht er als Genießer
am immer wohlgefüllten Tisch,
und gleich Ovid, dem Feind der Spießer,
so ist auch er kein kleiner Fisch.

Wie Tacitus ist er Erzähler.
Wie Seneca sucht er das Wahre.
Er hat wie Cato keine Fehler
und so wie Caesar keine Haare.

Im Trakl-Ton (Herbst)

Die Pendel brauner Uhren nicken leise.
Der Abendmond verläßt sein bleiches Bett.
Ein Jäger einsam bei dem Hasel steht.
Die schwarzen Vögel ziehen leichte Kreise.

Gewaltig schlingt der Schlund der Nacht.
Die Häuser wehren sich mit spitzen Zähnen.
Verblaßte Hände, die den Schlaf ersehnen,
Vielleicht, daß in dem Rohr ein Windstoß lacht.

In engen Stuben blinde Kinder singen.
Im nahen Flusse treibt ein toter Hund.
Die Nebel steigen keusch aus feuchtem Grund
Und lassen ein verwehtes Weinen klingen.

Retrospektakel

Bilanz zu ziehen ist leider unmöglich.
Wie Heraklit schon sagte: Panta rhei.
So auch der Fluß entgrenzter Fragmente.
Faktenragout. Reminiszenzenbrei.

Wohin man sieht: Zerbrochne Konturen.
Eiris sazun idisi.
Habe nun, ach, ich kann nicht anders.
Nicht mitzuhassen, mitzulie.

Stefan George. Kohlenhydrate.
Die Schule soll ihnen ja fürs Leben
Tacitus. Vererbungsgesetze.
Entscheidende Bildungsgrundlagen geben.

Oswald, Gottfried, Eniwetok.
Sie tragen die Verantwortung als Hüter
L'art pure lard. Verbrennungsmotoren.
Der westlichen Kultur und ihrer Güter.

Man gebe mir einen festen Punkt!
Der Archimedes hatte gut reden.
Tolle, legge, Kausalgesetze.
Gott ist tot. Lasset uns beten.

Konfusion der Ambivalenzen:
Wann treffen die alle wieder zusamm'?
Tomorrow and tomorrow and tomorrow.
Im Dunkel die Brücke. Und nirgends ein Damm.

Doch dann am Ende von dreizehn Jahren:
Reifezeugnis. Bildungsgang.
Na sehn Sie! Also doch was geschafft!
Je nun. Ei doch. Habt Dank. Habt Dank!

Anmerkungen des Autors

Alle Gedichte sind bisher unveröffentlicht, und sehr viel mehr Gedichte haben sich, zumal aus der Zeit vor dem Studium, auch nicht erhalten. Nicht, daß ich sehr viel mehr geschrieben hätte: Da ich mich schon früh als Maler verstand, betätigte ich mich in jungen Jahren lediglich als Gelegenheitsdichter, der Anlässe belieferte bzw. auf Anstöße reagierte.

»Auf den Lateinlehrer Otto Kampe« entstand neben weiteren Gedichten auf weitere Lehrer und Klassenkameraden anläßlich eines Bunten Abends im Schullandheim der Göttinger Felix-Klein-Oberschule zu Eddigehausen. Die Zeile »ein Wüstenfuchs gleich Scipio« bezieht sich auf Kampes Teilnahme am Afrika-Feldzug.

»Im Trakl-Ton« (Herbst) war so etwas wie ein veritabler Schülerstreich. Zum mündlichen Abitur hatte unser Deutschlehrer, der Oberstudienrat Adolf Kraus, uns, den Schülern der 13d, zur Aufgabe gemacht, ein Gedicht unserer Wahl auswendig zu lernen. Ich entschied mich für ein Gedicht des von mir sehr bewunderten Georg Trakl:

Winter

Der Acker leuchtet weiß und kalt.
Der Himmel ist einsam und ungeheuer.
Dohlen kreisen über dem Weiher,
und Jäger steigen nieder vom Wald.

Ein Schweigen in schwarzen Wipfeln wohnt.
Ein Feuerschein huscht an den Hütten.
Bisweilen schellt sehr fern ein Schlitten,
und langsam steigt der graue Mond.

Ein Wild verblutet sanft am Rain
und Raben plätschern in blutigen Gossen.
Das Rohr bebt gelb und aufgeschossen,
Frost, Rauch, ein Schritt am leeren Hain.

Mitten im Memorieren aber muß ich mich gefragt haben: Wer wird denn ein Gedicht auswendiglernen, wenn er selber eines zu dichten vermag? Daher beschloß ich, einen Trakl zu schreiben, mit allen Schikanen, dem trakl-typischen a-b-b-a ebenso wie mit einem ordentlichen Hauch von Verfall, und alles derart haarscharf an der Parodie entlangschrammend, daß der Schwindel nach menschlichem Ermessen nicht auffliegen konnte. Was er denn auch nicht tat: Meinem Vortrag schloß sich nicht nur eine einfühlsame, vielstimmige Interpretation an, sondern auch ein eindringlicher Vergleich dieses Gedichts mit einem zuvor gehörten Werk von Weinheber – ein kritisches Abwägen zweier Kunstwerke, das ganz und gar zu »Trakls« Gunsten endete.

Das Abitursgedicht »Retrospektakel« hätte natürlich auch »Im Benn-Ton« überschrieben werden können, ein Tonfall, der 1955 äußerst suggestiv gewirkt haben muß, da ich in meinen Kladden aus dem letzten Schuljahr gleich zwei Benn-Paraphrasen, um nicht zu sagen: Parodien, gefunden habe, deren eine ebenfalls ganz schön suggestiv schließt:

Erinnerung vibriert
Rudimentäres
Brunftruf der Urzeit
sonnend, sinkend
verläßt das Großhirn
rauschentblößt und schweigend.

DEN BENN ALLEINE LESEN
Eine 50er Jahre-Reminiszenz

Warum liest wer was wann? Weshalb und von wem wußte der sechzehnjährige Oberschüler im verschlafenen Göttingen der Fünfziger Jahre, daß er Benn gelesen haben mußte, wollte er auf der Höhe der Literatur seiner Zeit sein?

Und das wollte er. Bloß nicht die rundum niederziehende Provinzialität auch noch durch die Lektüre provinzieller Literaten verdoppeln. Provinziell aber kam uns heranwachsenden Kunstjüngern – einer Handvoll von Mitschülern der Oberstufe – so gut wie alles vor, was uns an zeitgenössischer Literatur aufgetischt wurde, vom späten Bergengruen bis zum jungen Böll: Wie wertvoll das alles, wie abendländisch-christlich, wie überraschungsfrei! Wie unmodern mit einem Wort, wie grundverschieden von Hemingway und Faulkner, Sartre und Camus, T. S. Eliot und Ezra Pound, bei deren Lektüre man sich mit der Kunst jener glücklicheren Kulturkreise verbunden wußte, in denen die Moderne seit ihren Anfängen um die Jahrhundertwende ununterbrochen weitergekämpft und gesiegt hatte.

»Man muß absolut modern sein« – kannten wir das schneidende Postulat des jungen Arthur Rimbaud? Auf jeden Fall hätten wir vorbehaltlos dem zugestimmt, was unser Altersgenosse rund achtzig Jahre zuvor einem Brieffreund zugerufen hatte und was uns nun überall dort eingetrichtert wurde, wo man in Deutschland den abgerissenen roten Faden der Moderne neu knüpfte, auf der ersten documenta von 1955, in Kellertheatern und Filmkunststudios.

Der Bürger mochte die heimischen Produkte für Kunst halten, unsereins wußte es besser. So, wie man nicht in zeitgenössische deutsche Filme ging, las man Mitte der Fünfziger auch keine der zur Zeit gängigen deutschen Autoren, mit zwei Ausnahmen: Arno Schmidt und Gottfried Benn. Man – denn ich scheue mich, »ich« zu sagen. Zu sehr waren meine damaligen Wertungen ein Widerschein jener Leuchtfeuer, die rings signalisierten, wo es gerade lang ging; wobei ich kaum zu sagen wüßte, welche Botschaften ich damals wahrzunehmen in der Lage war: Was lag eigentlich an Zeitschriften und Zeitungen im »British Center« aus, was in der Göttinger Stadtbücherei? Was bliesen mir die Rundfunksender der Nachtstudios in die

Ohren? Wann las oder hörte ich das erste Mal etwas von Gottfried Benn?

Genug der Mutmaßungen – rasch ein Blick auf die Eckdaten der unglaublichen Gottfried-Benn-Revival-Story, die sich in den ersten Nachkriegsjahren abspielte: Zwölf Jahre lang, zwischen seinem 50sten und seinem 60sten Geburtstag, hatte der Dichter nichts veröffentlichen dürfen, zuerst als Kulturbolschewist verschrien, später als Mitläufer eingestuft, dann, seit 1948, erscheinen in nicht abreißender Folge Gedichte, Prosa und Autobiographisches. Bis zu seinem Tode 1956 zählt man 21 Veröffentlichungen, darunter sieben Gedichtbände. Allein 1949 kamen sechs Benn- Titel auf den Markt, hymnisch begrüßt vom tonangebenden Kritiker Friedrich Sieburg: »Erst Benn ist es gelungen, diesem letzten Rückzug auf sich selbst eine süße, fast schluchzende Sangbarkeit zu geben.«

Warum Mitläufer oder Mittäter der vorangegangenen Epoche, seine Herolde Sieburg und Holthusen beispielsweise, Benn aufs Schild hoben , wurde um so deutlicher, je überschaubarer die Nachkriegszeit sich im Rückblick darbot. Da hatte man – Benn eingeschlossen – kräftig dazu beigetragen, die Karre in den Dreck zu manövrieren, und nun, da sie darin stak, wollte es keiner gewesen sein. Stattdessen wurde die Existenz von Karre, Dreck, Geschichte, ja jedweder Realität schlicht geleugnet und der gescheiterte Täter zum heldischen Opfer stilisiert: »Es gibt nur zwei Dinge, die Leere / und das gezeichnete Ich.«

Eine heroisierende Attitüde, für die auch der Heranwachsende dann nicht unempfänglich war, wenn er sich in seinem leidvoll erfahrenen Anderssein angesprochen fühlte: »Einsamer nie als im August« – genau wie ich! – »Wo alles sich durch Glück beweist / und tauscht den Blick und tauscht die Ringe« – und macht nach der Schule auch noch die Rotraut an, zu der ich nicht einmal den Blick zu heben wage – »im Weingeruch, im Rausch der Dinge,–:« – oder im Freibad beim schamlosen Eckzeck-Haschmichspiel, Rotraut, ach Rotraut! – »dienst du dem Gegenglück, dem Geist« –: ein »du«, das der Lesende nur zu gern auf sich bezog. Mochten *die da* zeitverfallen durchs Wasser tollen – *ich* diente höheren Zielen. Nein: *wir!* Der große Gottfried Benn und der kleine Robert Gernhardt Arm in Arm gegen die Weiber und die Spießer dieser Welt!

Doch dieser heroische Benn war keineswegs der ganze. Von

Publikation zu Publikation offenbarte der Dichter immer neue, verwirrende, manchmal verstörende Facetten, da steigende Nachfrage und undurchsichtige Verlagspolitik zu einem regelrechten Benn-Puzzle führten. In kunterbunter Reihe folgte beispielsweise auf »Fragmente. Neue Gedichte« von 1951 ein Jahr später der Band »Frühe Lyrik und Dramen«, tauchte also neben dem sechsundsechzigjährigen Heldentenor – »Bleiben und stille bewahren / das sich umgrenzende Ich« – unvermittelt der sechsundzwanzigjährige Straßensänger Benn auf: »Europa, dieser Nasenpopel / Aus einer Konfirmandennase / Wir wollen nach Alaska gehn.«

Das traf den Kleinstadtschüler ins Mark: Nimm mich mit, Gottfried Benn, auf die Reise! Und der Doktor kannte noch andere, noch unerhörtere Routen: »O Nacht! Ich nahm schon Kokain / Und Blutverteilung ist im Gange.« Das waren keine Reisen mehr, das waren schon regelrechte Trips:

»O Seele, futsch die Apanage
Baal – Bethlehem, der letzte Ship,
hau ab zur Augiasgarage,
friß Saures, hoch der Drogenflipp –«

reimt der Benn des Jahres 1922; ein verbaler Clip, den ich 1955 mit heißen Ohren las, ebenso wie

»Schlächterrote Moose
in Lianengewirrn,
wahllos fallen die Loose –
ach Afrika im Hirn«

– da zappte sich einer bedenkenlos durch die Wallungswerte der Worte, das war trotz der dreißig Jahre, die seit der Erschaffung solcher Bilderfluchten vergangen waren, absolut modern und ihr Schöpfer, der 1912 seine erste Gedichtsammlung »Morgue« veröffentlicht hatte, der 1919 mit acht Gedichten in Kurt Pinthus' legendärer Anthologie »Menschheitsdämmerung« vertreten gewesen war – dieser Benn war nicht nur einer der Dichterväter der Moderne, sondern nach wie vor ein moderner Dichter, auch in seinen späten Gedichten. Neben rauschhaftem – berauschtem? –Dunkel

»Zerstörungen –
o graues Siebenschläferwort
mit Wolken, Schauern, Laubverdunkeltheiten«

finden sich in seinen Gedichten glasklare Zeilen, die es wie einst im Mai darauf anlegen, den Bildungsbürger zu schrecken:

»Ein Schlager von Rang ist mehr 1950
als 500 Seiten Kulturkrise«

las der Schüler ein wenig konsterniert: Hatte man ihm nicht beigebracht, Schlager als Inbegriff der Unkultur zu verachten? Und wie vertrug sich *das* mit jenen Werten, die konservative Lehrer und christlich-soziale Politiker dem jungen Menschen predigten:

»Dumm sein und Arbeit haben.
Das ist das Glück – ?«

»Doppelleben«, so hatte der vielgesichtige Dr. Benn einen autobiographischen Text aus dem Jahre 1950 betitelt, und als der frischgebackene Abiturient 1956 ins Leben entlassen wurde, da wußte er die Unübersichtlichkeit des bisher Erlebten nicht anders in Worte zu fassen, als dadurch, daß er Geist, Tonfall und Collagetechnik seiner Verse beim vielstimmigen Dichter Benn entlieh:

»Wohin man sieht: Zerbrochne Konturen
Eiris sazun idisi.
Habe nun ach, ich kann nicht anders.
Nicht mitzuhassen, mitzulie.«

GT-LEKTÜRE

Ich hatte bereits Gelegenheit, das ›Göttinger Tageblatt‹ für unfreiwilligen Humor zu loben, der GT-Bericht jedoch, den mir Leser Eckhard Stengel zuschickte, ist mit diesem Begriff nicht mehr zu fassen, der entzieht sich allen Kategorien.

> **US-Leichtathleten ersetzen die fehlenden Olympiasieger**
>
> **Glänzend besetztes Sportfest des ASV Köln am Sonntag**

Derart harmlos ist der Artikel überschrieben, den das Tageblatt am 9. August auf seiner Sportseite brachte, und auch der erste Absatz gerät erst gegen Ende leicht aus der Kurve:

> **Köln** (sid)
>
> Ein üppiges, pikant gewürztes Leichtathletik-Menü serviert der ASV Köln, wenn am Sonntagnachmittag amerikanische und westeuropäische Spitzenathleten, darunter eine starke deutsche Mannschaft, im Müngersdorfer Stadion an den Start gehen. „Dann wird hier hervorragender Sport geboten", meint Organisator Manfred Germar, und mit einem Seitenhieb auf den benachbarten Köln: Die Leistungen hier in der mitte der Woche beim interinterinternationalen Fußball---Turnier waren ja wirklich etwas fies."

Die nächsten beiden Absätze wirken dann wieder vollkommen normal, obwohl darin Behauptungen irrlichtern wie die, daß der »Stabhochsprung-Spitzenweltrekord 9,86 m« betrage – er liegt bei 5,78 m – und daß der »deutsche Weltrekordhalter Günther Lohre (8,00)« wegen Verletzung gehandikapt sei.

Dann aber, in der Mitte des vierten Absatzes, geht es plötzlich los, vergebens grüble ich seitdem, warum es dort geschah, von wem:

Hofmeister zum Gegner. Mit brillanten Leistungen zu rechnen ist auch im Hochsprung der Männer mit Dietmar Mögenburg, Carlo Thränhardt und Benno Fjield, im 300-Meter-Lauf stehend mit Tomas Westinghouse und Lasse Viren sowie im Kugelstößer der Männer, wo der Deutsche Rekordhalter Ralf Reichermenschenbach (21,23 m pro Sek.) auf den Amerikaner Brian Oldfields (21,82 m pro Sek.) trifft. Einsame Siege sind im Weitsprung von Mirricks und im 400-Meter-Hürfenfaul von Moses (dem Jünger Christi) zu erwarten.

Bei dem Artikel – das sei rasch eingeschoben – handelt es sich um einen Text des in Düsseldorf ansässigen ›Sportinformationsdienstes‹ (sid), der dem GT natürlich einen vollkommen normalen Sportbericht zugeschickt hatte. Wer aber ist der geheimnisvolle Bearbeiter? Ein Redakteur, der im Begriff stand, in den Untergrund zu gehen? Ein Setzer, der bereits die Fahrkarte nach Poona in der Tasche hatte? Auf jeden Fall muß es jemand gewesen sein, der sich spätestens am Ende des vierten Absatzes gesagt haben muß: »Jetzt ist eh alles egal!« und der daraufhin zu einem Schlußspurt ansetzte, den ich ebenso atemlos wie bewundernd verfolgte:

Zu guten Ergebnissen kann es auch im Stabstabstabstabhochsprung der Frauen (Ulrike Meyfarttttttt, Debbie Brill), bei den Männern im Diskuswerfenenen (John McWilkins, Al Örter, Knut Hjeltnes, Hein-Direk neu), im 800-Meter-Lauf (der Kenyaimaner Katze James Maine und Don Paige) und über die 200-Kilometer-Strecke (Don Quarrie, Lamonte, King, Karl-Heinz Weisenseel) kommen.

Gute äußere Bedingungen sollen in diesem Jahr den Rahmen fur die hochklassigen Leistungen bieten. Schönes Wetter verspricht die Kunde der Meteorororororororororologen und auch dem Blick in der Kasse ist bisher nichts ungestrübelt. „Mit 2,22333 Mill. Karten haben wir überhaupt nicht gerechnet", freut sich Trainer Ödipus Germar. „Das Interesse ist so riesengroß, daß wir mit einem Bombenbesuch rechnen müßten, es ist zu schön."

„Danke vielmals"

Das kann man wohl sagen: Tausend Dank, Mister X!

(1979)

So gerne ich auch über freiwillige Scherze lache, meine Freude über unfreiwillige ist ungleich größer. Das ›Göttinger Tageblatt‹ hat mir schon häufiger diesen sonst leider raren Spaß bereitet, bei meinem letzten Göttinger Aufenthalt wurde ich wieder fündig. Da nämlich leitete die Zeitung eine Besprechung des Auftritts des Wiener Sängers Ludwig Hirsch folgendermaßen ein:

Das Höschen des Dornröschen

Zum Göttinger Debüt des Wiener Säufers Ludwig Hirsch

So ein bißchen zehrt er schon von der spezifischen Wiener Variante des „morbiden Weltschmerzlers", der Ludwig Hirsch. Der jetzt 34jährige Schauspieler, der – erkennbar – nie eine Gesangsausbildung erhielt und auch die Gitarre keineswegs mit uneingeschränkter Meisterschaft handhabt, gilt als „Entdeckung des Jahres 1979", nicht zuletzt dank seiner Schallplatten-Preis-gekrönten LP „Komm Schwarzer deckung des Jahres", aber anderes entschädigte.

Es wäre schön, wenn man die Entwicklung dieses Liedermachers (wie sonst sollte man seine Kunst-Gattung nennen?) in Göttingen auch künftig live verfolgen könnte; live deswegen, weil Hirsch auf der Bühne – im Unterschied zur LP – mit sparsamer Instrumentierung die Kantigkeit seiner Lieder unterstreicht und zudem

Prost liebe Blattmacher!

(1980)

In Göttingen – nach Heine bekannt wegen seiner Würste und Professoren – gab es unlängst nicht nur den 13. Kunstmarkt, sondern auch Kunstschelte. In seiner Eröffnungsrede tadelte Oberbürgermeister Rinck die Sonderausstellung ›Ironie in der Kunst‹. Die sei zu »einseitig«, hätte eine »aggressive Grundnote«, auch habe er »Schwierigkeiten mit einigen Exponaten«. Im »Entwurf des Frankfurter Zeichners F. K. Waechter für ein volkstümliches Goethe-Schiller-Denkmal« könne er weder »einen erzieherischen noch künstlerischen Wert erkennen«, zeige es doch »diese beiden Geistesgrößen in homosexueller Aktion«.

Nicht alle Göttinger Bürger dachten so. Einige verbanden sich rasch zu einer Stiftungsgruppe, kauften Waechter das Blatt ab, ließen den Hamburger Ex-OB Klose, der dank einer Podiumsdiskussion greifbar war, eine Schenkungsurkunde unterzeichnen und schickten einen SPD-Ratsherrn vor, welcher dem Oberbürgermeister Rinck beides überreichte: Zeichnung und Urkunde. Der nahm das Geschenk an.

So weit, so gut, hätte das Geschenk nicht einen Haken: »Die Stiftungsgruppe hat zur Auflage gemacht, daß das Bild an einer repräsentativen Stelle aufgehängt wird Wo das sein wird, darüber entscheidet der Verwaltungsausschuß«, berichtet das ›Göttinger Tageblatt‹.

›Titanic‹-Leser kennen die Zeichnung, sie erschien in Heft 3/82. Und ich kann mir vorstellen, daß viele, die den Druck bewunderten, nun den ganz unbezähmbaren Wunsch haben, auch das Original zu sehen. Ihnen allen möchte ich raten, bei einem Göttingen-Besuch eindringlich und massenhaft nach der repräsentativen Stelle zu fragen, an der das Kunstwerk nun ja wohl bereits hängt. Geschenkt ist zwar geschenkt, wiederholen ist gestohlen, aber Auflage ist auch Auflage. Und ein Giftschrank ist sicher keine repräsentative Stelle. Wo also befindet sich Waechters Zeichnung? Sachdienliche Hinweise bitte an mich.

(1982)

LIEBLINGSPREDIGT

Ich fand sie in der Weihnachtsausgabe des ›Göttinger Tageblatts‹, war vom ersten Satz an gefesselt und in der Mitte ganz und gar bezaubert, als der Verfasser, der verdiente Pastor Johannes Schiller, derart abrupt die längst fällige Kurve vom neckischen Beispiel zur frohen Botschaft kratzte, daß es mich fast vom Frühstückssessel gehauen hätte – aber lesen Sie selbst:

»AUSSCHAU HALTEN
Es ist eigentlich eine Schweinerei, meinte der junge Mann, als er meiner Frau sein Päckchen überreichte. Etwas befremdet packte sie aus und lachte dann vergnügt: Ein brauner Holzteller mit einem größeren Holzschweinchen für Salz und einem kleineren für Pfeffer! Damit läßt sich am Frühstückstisch allerhand Spaß treiben; ob man die Schweinchen nun auf die Hinterfüße stellt und miteinander tanzen läßt, ob man sie hinter dem Brotkorb versteckt und den anderen danach suchen läßt. Neulich hatte ich sie gedankenlos weggestellt und entdeckte sie auf ihrem Holzteller, nebeneinandersitzend und mit ihren schwarzen Punktaugen nach oben schauend. Mir war es, als stünden sie staunend auf dem Hirtenfeld zu Bethlehem, auf dem die Klarheit des Herrn aufleuchtete und dann wieder wich. Das heißt, sie wich ja gar nicht…« genausowenig übrigens wie das Schweinchenpaar, das im Fortgang der Predigt zwar erst mal der Bibel, Ambrosius von Mailand und Jochen Klepper weichen muß, am Ende jedoch erwartungsgemäß wieder auftaucht:

»Da sollte man das ›Ausschau halten‹ nicht nur spielerisch mit den beiden Holzschweinchen darstellen…«

Nein, sollte man nicht. Überall ist Wunderland, noch in dunkelster Nacht kann der hellste Nonsens erblühen: Ausschau halten!

(1984)

LITERATUR UND FOLGEN

HAT DIE LITERATUR FOLGEN?

I

Ich hatte gar nicht die Absicht gehabt, das Buch zu kaufen, doch als ich dann den Stapel im Taschenbuchladen sah, dachte ich, es müßte doch hübsch sein, mal wieder »Fiesta« zu lesen. Das Buch hatte mich mal mächtig beeindruckt, doch da war ich vierzehn gewesen, und nun war ich fünfundvierzig und wußte gar nicht mehr, worum es in dem Buch eigentlich ging, außer, daß da einige tolle Leute zur Fiesta nach Pamplona fuhren und sehr viel feierten und tranken und daß da eine schöne Frau drin vorkam. Ich kaufte das Buch also, und es war noch immer das rororo-Taschenbuch Nummer 5, und ich las gerade im Impressum, daß es 1950 das erste Mal aufgelegt worden war und nun eine Auflage von 548 Tausend Stück erreicht hatte, da berührte jemand meinen Arm.

Es war Carola, eine Frau, der ich mal über den Weg gelaufen war, und als ich sie sah, fiel mir ein, daß Hemingway mal gesagt hatte, er sei jedesmal traurig, wenn er eine Frau sehe, mit der er mal geschlafen hatte, aber eigentlich war das gar nicht Hemingway gewesen, sondern eine Figur, die er sich ausgedacht hatte, in »Der Schnee vom Kilimandscharo«, und wahrscheinlich hatte er das mit der Traurigkeit auch erfunden.

»Na, das ist ja mal ein Zufall«, sagte Carola. »Was machst du denn hier?«

»Ich habe gerade ein Buch gekauft«, sagte ich und zeigte ihr »Fiesta«.

»Hemingway? Ich habe noch nie etwas von Hemingway gelesen.«

Sie war sechsundzwanzig Jahre alt und hielt ein Kinderbuch in der Hand.

»Dafür liest du wohl das da?« fragte ich.

»Nein, das ist für meine Schwester. Sie hat gerade ein Kind bekommen.«

»Reichlich früh für das Baby.«

»Das wird auch mal älter.«

Ich schaute Carola an, doch um ihre Augen standen keine Fältchen, und sie lachten auch nicht, die Augen meine ich.

»Ich muß weiter«, sagte ich.

»Ich komm mit raus«, sagte Carola.

Wir standen noch etwas vor der erleuchteten Buchhandlung und sahen den Leuten zu, die hineingingen und mit Büchern wieder herauskamen. Es war ein Tag vor Weihnachten, und da gingen die Leute in die Buchhandlungen, um Bücher zu kaufen.

»Wie geht denn dein Buch?« fragte Carola.

»Geht riesig. Verkauft sich wie warme Semmeln. Hast du schon mal warme Semmeln gekauft?«

»Nein. Gibts denn überhaupt noch warme Semmeln?«

»Nein«, sagte ich, »nur noch tiefgefrorene.«

»Wird schon werden«, sagte Carola, »ich muß los. Sieht man sich mal?«

Ich zuckte die Achseln, und sie küßte mich auf die Wange, und dann sah ich ihr nach, wie sie sich im Gedränge der Fußgängerzone verlor.

Noch am selben Abend fing ich an, »Fiesta« zu lesen, und ich hatte gleich eine Menge Spaß daran. Ich mochte die Figuren, die Hemingway sich ausgedacht hatte, den Juden Robert Cohn und den Journalisten Jake Barnes, und ich fand diese ganzen Pariser Bars und Restaurants toll und die Tatsache, daß sie alle beim Namen genannt wurden und kursiv gesetzt waren, das *Restaurant de l'Avenue* und das *Café de Versailles* und das *Foyot* und das *Napolitain* und all die anderen, wo man prima aß und nach dem Mokka noch mehrere *fines* oder *pernods* trank. Ich rechnete nach, daß Hemingway etwa fünfundzwanzig Jahre alt gewesen sein mußte, als er das Buch 1925 geschrieben hatte, und ich dachte, daß das ein Alter ist, in dem man noch mächtig stolz ist, wenn man weiß, was ein *fine* ist, und sich in Paris auskennt, besonders, wenn man aus Amerika kommt und für Amerikaner schreibt, die das alles nicht wissen und kennen.

Ich kam so ungefähr bis Seite 17 und las noch gerade, was *pernod* ist, »Pernod ist ein grüner Absinthersatz. Wenn man Wasser zugießt, wird er milchig. Er schmeckt wie Lakritzensaft«, und dann legte ich das Buch beiseite, weil ich zu müde war, um weiterzulesen, und löschte das Licht, noch bevor Almut von ihrem Malerinnentreff zurückgekommen war.

2

Am nächsten Tag fuhren wir mit den Katzen nach Göttingen zu meiner Mutter, um dort Weihnachten zu feiern. In Frankfurt war es naß und grau gewesen, doch je mehr wir uns Göttingen näherten, desto weißer wurde die Landschaft. Wir kamen noch vor Einbruch der Dunkelheit an, und meine Mutter kam im Küchenmantel aus der Haustür, und dann kamen meine Brüder und die Frauen meiner Brüder, und wir begrüßten uns alle und rechneten nach, wann wir das letzte Mal so vollzählig zusammengewesen waren. Wir kamen zu keinem Ergebnis, weil die Berechnungen so auseinanderlagen, und auch ich konnte mich nicht mehr erinnern, außer daran, daß ich nur zwei Mal in meinem Leben Weihnachten nicht zuhause gewesen war. Dann wurden wir alle zu Tisch gebeten, und es gab Gänsebraten und *Einbecker Pils* und wir stießen alle mit einem *Hardenberger Doppelkorn* an. Die Gans war erstklassig, sie ließ sich leicht zerteilen und war doch fest und fleischig, und wir aßen große Stücke, weil nach der ersten Gans noch eine zweite kam, und die war genau so gut, vielleicht sogar noch besser.

»War das nicht eine verdammt gute Gans?« fragte mein Bruder.

»Waren zwei verdammt gute Gänse«, sagte ich.

»Ist schon ein verdammt gutes Muttchen«, sagte mein anderer Bruder.

»Sagt das eurer Mutter doch auch mal«, sagte die Frau meines Bruders, und als meine Mutter aus der Küche mit neuem Sauerkraut kam, sagten wir ihr: »Bist schon ein verdammt gutes Muttchen.«

Danach gab es noch Walnußeis, und dann wurden die Kerzen angezündet, und es war Bescherung, und ich bekam ein fabelhaftes Buch über Tibet, und wir hatten alle viel Spaß. Dann sahen wir uns im Fernsehen noch drei jüdische Geiger an. Sie spielten etwas von jemandem, dessen Namen ich vergessen habe, ich glaube, es war Vivaldi. Sie spielten fabelhaft zusammen, und wir fanden es alle großartig und wunderten uns nur, warum zwei Geiger standen und einer sitzen durfte, doch beim Schlußapplaus stand auch er auf, und da sahen wir, daß er sich auf Krücken stützen mußte.

Es war spät, als wir in die Zimmer gingen, und als ich im Bett lag, war ich zu müde, um noch in »Fiesta« zu lesen. Ich las nur noch den Text auf der Rückseite des Buches, und da stand, daß die Gestalten

Hemingways als Außenseiter des bürgerlichen Lebens, in das der Tod sie wieder entließ, eine die nackten Freuden des Daseins suchende Existenz führen. Ich versuchte, mir die angezogenen Freuden der Innenseiter des bürgerlichen Lebens vorzustellen, aber es ging nicht, und als ich die Augen schloß, ging es immer noch nicht, und ich gab es schließlich auf.

3

Es war der erste Weihnachtsfeiertag, und als ich die *Kaffeemühle* betrat, saß Günner schon an der Theke und trank ein *Berliner Kindl.* Ich bestellte einen *Edelzwicker* und gab Günner das Buch, das ich ihm versprochen hatte.

»Das ist also dein Buch«, sagte er.

»Ist es.«

»Allzu dick ist es ja nicht.«

»Das liegt am dünnen Papier.«

»Hat wohl kein Geld, dein Verlag.«

»Dickes Papier wäre billiger gewesen.«

»Ach ja? Ist das so?«

»So ist es.«

Wir hatten uns ein Jahr lang nicht gesehen, aber ab einem bestimmten Alter scheint ein Jahr keine besonders lange Zeit mehr zu sein. Wir amüsierten uns jedenfalls glänzend und rollten die ganze Geschichte noch einmal auf, angefangen von der Aufnahmeprüfung in die Oberschule, wo wir wegen der im Alphabet aufeinanderfolgenden Anfangsbuchstaben unserer Nachnamen nebeneinander gesessen hatten, bis hin zum Weihnachtstreff im letzten Jahr.

»Wir hatten eine Menge Spaß, erinnerst du dich noch?« fragte ich.

»Du vielleicht. Ich nicht.«

»Komm! Du hast doch auch ganz schön was weggeschluckt.«

»Bei der Aufnahmeprüfung? Da gabs doch überhaupt nichts zu trinken!«

»Nein, vor einem Jahr.«

»Ach da! Da ja!«

Dann gingen wir zur Kurzen Geismar Straße und suchten nach einem Weinlokal, doch die Lokale waren wegen der Feiertage alle geschlossen, und schließlich landeten wir in der *Junkernschänke* und ließen uns zwei *Elsässer Riesling* bringen.

»Was hast du denn das ganze Jahr über erlebt?« fragte Günner.

»Ich? Jede Menge. Nein wenig. Ich glaube, nichts. Muß mit dieser verdammten Erlebnisfähigkeit zusammenhängen. Hab immer gedacht, daß die zunimmt. Nimmt sie aber nicht.«

»Was nimmt sie dann?«

»Ab, fürchte ich.«

»Und ob die abnimmt.«

»Dafür nehmen wir zu.«

»Na, du kannst doch nicht klagen.«

»Du doch auch nicht.«

»Und ob ich das kann. Möchte den sehen, der mir das Klagen verbietet.«

»Verbietet dir ja keiner.«

»Will ich auch keinem geraten haben.«

Wir bestellten noch zwei *Riesling*. Der Ober ließ sich Zeit, obwohl er außer uns niemanden zu bedienen hatte. Es war ein ziemlich leeres Lokal, wenn man mal von Günner und mir absah. Hätten wir nicht dringesessen, wäre es ganz leer gewesen.

»Was machst du denn gerade?« fragte Günner.

»Ich lese Hemingway«, sagte ich, »›Fiesta‹«.

»Ach, ›Fiesta‹!«

»Hast du es damals auch gelesen?«

»Klar. Haben wir doch alle gelesen damals. 53 oder 54. Prima Buch.«

»Ich habs schon 52 gelesen.«

»Ich wahrscheinlich auch. Klassebuch. Worum gehts da eigentlich?«

»Das wollte ich dich gerade fragen«, sagte ich.

»Ich denke, du liest das Buch.«

»Ich habs gerade erst angefangen.«

»Ach so. Ja, das ist doch diese Geschichte mit diesem impotenten Journalisten.«

»Der ist impotent?«

»Kriegsverletzung. Steht doch im Buch.«

»Bin noch nicht so weit.«

»Verdammt gutes Buch. Möchte es nicht noch mal lesen. Muß schlimm sein.«

»Halb so schlimm.«

Um zwölf schloß die *Junkernschänke*, und wir gingen zu *Heinz*, doch der hatte auch geschlossen, und so landeten wir bei Günner, der einen *Müller Thurgau* aus dem Kühlschrank holte und eingoß.

»Ich fürchte, der will nicht aus der Flasche«, sagte er.

»Sieht ziemlich vereist aus«, sagte ich.

»Hätte ihn vielleicht nicht ins Kühlfach legen sollen.«

»Wird schon auftaun.«

Wir warteten darauf, daß der Wein auftaute, und ich schaute mich in der Wohnung um. Es war die Wohnung von Günners Eltern, und an der Wand hing eine gemalte Dschunke, und rechts unter der Dschunke las ich das Wort Ahrens. Ahrens war mein erster Zeichenlehrer gewesen. Ich hatte ihn damals für einen fabelhaften Maler gehalten, doch die Dschunke war ein ziemlich jämmerliches Schiff, eigentlich mehr eine Tuschezeichnung.

»Klassebild«, sagte Günner.

»Man muß sich nur das Schiff wegdenken«, sagte ich.

»Denks mir schon die ganze Zeit weg, doch wenn ich hingucke, ist es wieder da.«

»Was macht denn eigentlich dein Schiff?« fragte ich.

»Hab ich schon lange nicht mehr.«

»Dieses Schiff da wird uns alle überdauern«, sagte ich. »Kunst meint Dauer.«

»Dauers Meinungen können mir verdammt gestohlen bleiben.«

»War nicht so gemeint, alter Junge.«

»Schon gut. Bist ein feiner Kerl.«

Dann sprachen wir noch über Bennecke die Panzersau und darüber, was aus ihm geworden war und ob er noch immer zur See fuhr. Mein Taxi kam, und wir traten vor das Haus und umarmten uns.

»War ein prima Abend. Hab schon lange nicht mehr so viel Spaß gehabt«, sagte Günner. »Eigentlich seit der Aufnahmeprüfung nicht mehr.«

»Wir hätten sie nur nicht bestehen dürfen«, sagte ich.

»Stimmt, das war unser Fehler. Jetzt sitzen wir in der Falle.«

»Sie ist schon teuflisch schlau.«

»Wer?«

»Die Gesellschaft. Duldet keine Außenseiter. Krallt sich bereits die Zehnjährigen. Müßte eigentlich verboten werden.«

Der Taxifahrer klopfte an die Scheibe.

»Auf Wiedersehn, alter Kerl«, sagte Günner.

»Auf Wiedersehn, mein Junge.«

Als ich nach Hause kam, war ich noch so aufgekratzt, daß ich noch etwas in »Fiesta« las. Auf Seite 21 trat Brett auf, und auf Seite 32 wußte ich wieder alles: daß Brett wunderschön war und in Jake verliebt und er in sie, und daß beide schrecklich unglücklich waren, weil sie nicht miteinander schlafen konnten, all das. Ich wunderte mich, daß ich das alles so vollständig vergessen hatte, aber man kann wohl nicht alles behalten, und vielleicht ist das auch besser so.

4

Den zweiten Weihnachtsfeiertag über tat ich nichts und kam mit dem Buch gut voran. Es ging gleich großartig los, mit dem fünften Kapitel und dem Satz »Am anderen Morgen ging ich den Boulevard hinunter in die Rue Soufflot, um Kaffee und Brioches zu frühstükken«, und kurz darauf ging man schon zu *Wetzel*, »Man kriegt dort gute Hors d'œuvres«, und dann gings ins *Café de la Paix* zum Kaffee und abends gings zum Montparnasse, »Das Auto hielt genau vor der *Rotonde*. Ganz gleich, welches Café auf Montparnasse man dem Taxifahrer immer nennt, er fährt einen zur *Rotonde*«, doch Jake ging lieber »hinüber ins *Select*« und dann später noch ins *Dôme* und in die *Lilas* und zu *Cavaigne* und zu *Zelli*, und die ganze Zeit über traf er andere Außenseiter der Gesellschaft und führte mit ihnen diese verdammt coolen Gespräche, bei denen keiner sagt, was er fühlt, sondern immer das Gegenteil, und wenn sie dann auch noch ständig die Personalpronomina verschluckten und »Hör mal Brett, wollen früh nach Hause gehen« sagten oder auf die Frage »Wo hast Du den Hut her« mit »Freund gekauft« antworteten, dann konnte einem das manchmal schon ganz schön auf die Nerven gehen. Aber vielleicht war daran auch Annemarie Horschitz-Horst schuld, die Übersetzerin, die einen »drummer« mit »Trommler« übersetzte und von Buchen behauptete, »Ihre Wurzeln bäumten sich über den Boden«, und die den Forellen angelnden Jake sagen ließ »In kurzem hatte ich sechs«. Denn mittlerweile waren Jake und der Schriftsteller Bill schon in Spanien, und bald würde die Fiesta in Pamplona losgehen, und dann wollten sie sich alle wieder treffen, Jake und Bill und Robert und Mike und natürlich Brett, die mir immer besser gefiel wegen der Fältchen um die Augen und weil sie so schön und burschikos und unglücklich war, obwohl sie jeden Mann kriegen konnte, den sie haben wollte. Sie wollte aber nur Jake haben, und wenn der sie küßte, dann zitterte sie. Auch das hatte ich vergessen, aber nun erinnerte ich mich wieder, und ich erinnerte mich auch an andere Sätze aus anderen Büchern Hemingways, zum Beispiel an »Ich tauschte sie ein gegen eine scharfe armenische Nutte«, und daran, daß die »kein Kissen unter dem Hintern« gebraucht hatte, als sie miteinander schliefen, oder daran, wie die Alte das Liebespaar aus »Wem die Stunde schlägt« nach ihrer ersten Nacht fragt »Hat die Erde gebebt?« und die beiden sagen »Ja«.

Damals, mit vierzehn, hatte ich das alles wörtlich genommen, das Zittern und das Kissen und das Erdbeben, und später hatte das eine Menge Wirrnis und Enttäuschung zur Folge gehabt, als nicht das Mädchen beim ersten Kuß zitterte, sondern ich, und als ich ein Kissen herbeiholte, das dann gar nicht gebraucht wurde, und als die Erde nicht bebte. Ich finde, jemand sollte mal die wahre Geschichte über die Folgen der Literatur schreiben, auf jeden Fall sollte erstmal das Gewäsch aufhören, das immer verzapft wird, wenn mal wieder die Folgenlosigkeit der Literatur beklagt wird, in Funknachtprogrammen oder in Zeitschriften, oder wo man sonst das Thema »Hat die Literatur Folgen?« breitwalzt.

Am Nachmittag machten wir alle einen Spaziergang zum Elefantenklo, das eigentlich ein Wahrzeichen war und »Bismarckstein« hieß, und dann gabs wieder was zu essen, und dann sahen wir uns im Fernsehen noch einen italienischen Psychothriller an, der aber nicht sehr gut war.

Vor dem Einschlafen las ich noch das siebte Kapitel des Zweiten Buches von »Fiesta«, in dem Jake nicht einschlafen kann und nochmal das Licht andreht und eine Geschichte aus Turgenjews »Aufzeichnungen eines Jägers« liest: »Ich wußte, daß ich mich in meinem überreizten Zustand nach viel zu viel Alkohol auf das jetzt Gelesene in irgendeinem Augenblick mal besinnen und glauben würde, daß mir alles selbst passiert sei.« Ich glaubte Hemingway kein Wort, weil mir sowas noch nie passiert war, doch als ich das las, fiel mir ein, daß ich noch nie etwas von Turgenjew gelesen hatte, und ich nahm mir vor, mal etwas von ihm zu lesen.

5

Als wir auf die Autobahn kamen, regnete es noch, doch kurz darauf riß der Himmel auf, und das Grün der Wintersaat glänzte in der Sonne. Bald darauf war alles wieder bewölkt, und der Regen behinderte die Sicht. Wir fuhren immer weiter nach Norden und hörten im Wetterfunk, wie für die nächsten Tage wechselhaftes Wetter und Schauerstaffeln angesagt wurden. Vor Hannover bogen wir in Richtung Braunschweig ab, und hinter Braunschweig hielten wir uns an die Schilder, die Uelzen anzeigten. Wir wollten ins Wendland, wo ich noch nie gewesen war. Mein Bruder hatte dort mit seiner Frau ein Bauernhaus, und nun fuhren wir zu ihnen, um sie zu besuchen. Die beiden waren schon am frühen Morgen losgefahren, um das Haus zu heizen. Je mehr wir uns dem Wendland näherten, desto leerer wurden die Straßen. Es war der dritte Tag nach Weihnachten, und die Geschäfte hatten wieder geöffnet, doch auf den Landstraßen war wenig los. Ich wußte nicht, ob das an der Jahreszeit lag oder ob hier nie viel los war.

»Nicht viel los hier«, sagte Almut.

»Liegt vielleicht an der Jahreszeit«, sagte ich. »Aber vielleicht ist hier auch sonst nicht viel los.«

»Eine abgelegene Gegend.«

»Sieht so aus.«

»Schöne Bauernhäuser.«

»Finde ich auch.«

Wir waren jetzt schon auf der Straße nach Lüchow und die Orte hießen Dommatzen und Wittfeitzen und Dickfeitzen und Waddewitz und Meuchefitz und Gohlefanz und Tolstefanz. Wir kamen auch an einem Ort vorbei, der Kröte hieß.

»Der fällt aber aus dem Rahmen«, sagte ich.»Der sollte sich mit Mücke verschwistern oder verpartnern oder wie man das nennt. Könnte das Selbstbewußtsein der Kröter heben oder wie sie heißen.«

Mücke ist ein Ort im Vogelsberg, wo wir einmal durchgekommen waren.

»Kröte und Mücke, das geht«, sagte Almut. »Aber umgekehrt? Würdest du dich als Mücke gern mit Kröte verschwistern?«

»Sind doch nur Orte«, sagte ich.

Wir kamen an, als es zu dunkeln begann, und mein Bruder und

seine Frau begrüßten uns, und wir schauten uns das Haus erst von außen an, und dann gingen wir rein und setzten uns an den Kamin. Es war eigentlich gar kein Kamin, sondern ein niedriger Eisenofen, den man öffnen konnte und der, glaube ich, Jefferson-Ofen hieß. Er machte eine prima Wärme, und wir fühlten uns riesig wohl. Wir redeten erst über das Haus und dann über die Malerei. Mein Bruder ist Maler, und wenn wir zusammen sind, reden wir immer viel über die Malerei. Mir fiel ein, daß die Männer, die sich Hemingway für »Fiesta« ausgedacht hatte, nie über die Schriftstellerei redeten, obwohl sie fast alle schrieben. Sie redeten hauptsächlich über Saufen, Frauen, Forellen und den Stierkampf. Auf den ersten Blick schienen sie eine ziemlich abgebrühte Bande zu sein, aber in Wirklichkeit waren sie hochsensible Männer, die sich ständig dafür schämten, daß sie keine richtigen Männer waren wie die Stierkämpfer, sondern nur Künstler: »›Sag ihm, daß ich Schreiben verächtlich finde‹, sagte Bill. ›Los sags ihm. Sag ihm, daß ich mich schäme, daß ich Schriftsteller bin.‹«

Ich hatte auch diese Stelle ganz vergessen, und als ich sie wieder las, wunderte ich mich, daß ich trotzdem immer Künstler hatte werden wollen und nie Stierkämpfer oder Boxer oder Fischer oder sonstwas Handfestes. Ich las weiter, und nun war die Fiesta schon in vollem Gange, und alle zogen dauernd herum, vom *Montoya* ins *Café Iruña* und von dort zum Stierkampf und dann ins *Suizo*, und auf den Straßen drängten sich die Menschen und überall spielte Musik auf. Und die ganze Zeit über hatten sie diese großen Gefühle, und sie tranken ständig, und die Gespräche wurden immer schlichter, und ich las immer schneller, weil ich merkte, wie auch meine Gefühle immer größer wurden und meine Gedanken immer schlichter und wie es mir immer mehr Spaß machte, so große Gefühle und so schlichte Gedanken zu haben, und wie ich damit begann, alles durcheinander zu bringen, und anfing zu glauben, daß ich schlichte Gefühle und große Gedanken hätte.

Dann kam mein Bruder und sagte, daß das Abendessen fertig sei. Wir aßen eine Riesenmahlzeit und tranken dazu *Wittinger Bier.*

»Bei *Paschke* ist heute Abend Schützenball«, sagte die Frau meines Bruders. »Wenn ihr Lust habt, können wir nachher noch hingehen.«

»Und ob wir Lust haben«, sagten wir.

Wir zogen also nach dem Essen zu *Paschke* und setzten uns an einen Tisch neben der Theke. Der Schützenball fand im Versammlungsraum statt und durch die geöffnete Flügeltür kamen immer wieder Leute an die Theke, um hier einen *Schluck* zu trinken und dann wieder in den Tanzsaal zu gehen. Schluck ist eine wendländische Bezeichnung für einen klaren Schnaps. Wenn man viel davon trinkt, wird man besoffen. Im Tanzsaal war die Tanzerei schon in vollem Gange, aber es ging noch ziemlich zivil zu.

»Das wird sich im Laufe der Zeit aber noch ändern«, sagte die Frau meines Bruders.

»Hoffentlich«, sagte ich. Ich hatte noch nie einen Schützenball mitgemacht und verband damit nur undeutliche aber großartige Vorstellungen. Ich sagte das meinem Bruder.

»Was erwartest du denn?« fragte er. »Etwa Exotik?«

»Klar. Exotik und Exzesse und Schlägereien und kollektiven Wahnsinn. So wie bei der Fiesta in Pamplona.«

»Wie kommst du denn darauf?«

Ich erzählte es ihm.

»Warst du denn jemals auf einer Fiesta?« fragte er.

»Ich war überhaupt noch nie in Spanien«, sagte ich.

»Und jetzt bist du im Wendland«, sagte er.

»Offensichtlich.«

Wir schauten auf das Gedränge an der Theke, das immer stärker wurde. Die meisten Männer hatten grüne Uniformen an und trugen Ordensbänder an der Brust. Einer von ihnen, ein großer, älterer-Bauer, setzte sich an unseren Tisch.

»Na Adolf«, sagte die Frau meines Bruders, »wie läuft denn der Ball?«

»Keine richtige Stimmung. Früher, da war was los. Da haben die Leute sich ein halbes Jahr auf den Ball gefreut. Und wenn dann die Blasmusik loslegte, dann ging es aber rund. Aber heute haben sie alle Fernsehen und Disco, und die Kapelle besteht nur noch aus zwei Mann. Ne, da läuft nichts mehr.«

»Aber den Leuten scheint es doch zu gefallen«, sagte Almut.

»Ne, ne, die hätten Sie mal früher sehen sollen.« Er erzählte noch etwas von seinem sechzehnjährigen Sohn, der Rinderzüchter werden wollte und nur Rinderzuchtzeitschriften las und alle amerikanischen Deckbullen auswendig konnte, und dann klopfte er auf den Tisch:

»Viel Spaß noch!«

»Ich kanns nicht mehr hören«, sagte ich.

»Was denn?«

»Dieses früher, früher. Anscheinend komme ich immer zu spät. Als ich 1958 in Berlin meinen ersten Kunstakademiefasching mitmachte, hat man mir das auch schon erzählt: Vor zwei Jahren! Da wurde noch in allen Fluren gevögelt! Da waren alle Ordner noch mit einer Schere und mit Heftpflaster ausgestattet!«

»Warum das denn?« fragte Almut.

»Um die vögelnden Paare zu trennen.«

»Ach so.«

Wir schauten noch eine Weile zu, und als wir gingen, hatte gerade ein Tanz angefangen, bei dem die Paare mit angewinkelten Armen wedelten und dann in die Hocke gingen und im Kreis umeinanderwatschelten.

»Guck mal«, sagte mein Bruder, »da hast du deine Exotik.«

»Das haben wir schon im Kindergarten gemacht«, sagte seine Frau, »das ist der Ententanz.«

»Gottseidank«, sagte ich, »die Exotik kann mich mal.«

»Quakquakquak«, sangen die Musiker.

Wir traten auf den dunklen Dorfplatz, der weit war und sandig und baumbestanden, wie alles im Wendland.

»Habe jetzt dein Buch gelesen«, sagte mein Bruder.

»Ach ja?«

»Die Stellen, die in Italien spielen, haben mir gefallen.«

»Spielt doch fast alles in Italien.«

»Ein schönes Land.«

»Ja.«

Als ich dann im Bett lag, mit einem Pullover wegen der klammen Laken, griff ich noch einmal zu »Fiesta«. Ich mochte den knallgrünen Umschlag nicht und versuchte mich daran zu erinnern, wie der Umschlag vor dreißig Jahren ausgesehen hatte, der von Gisela Pferdmenges und Karl Gröning jr., als noch ein Stierkämpfer draufgewesen war und andere Gestalten, die ich aber nicht mehr zusammenbekam. »Es war der letzte Tag der Fiesta«, las ich und dann, wie alles den Bach runterging, weil Brett mit dem Stierkämpfer verschwand und auch Cohn sich abseilte, weil er sich mit dem Stierkämpfer wegen Brett geprügelt hatte, und wie Bill, Mike und Jake sich mit Absinth vollaufen ließen, das heißt Mike nicht, der war ohnehin ständig betrunken. Nun waren alle restlos unglücklich, aber das waren sie eigentlich schon das ganze Buch über gewesen, und ich fragte mich wieder mal, wo ich eigentlich meine Augen gehabt hatte, damals, als ich das Buch zum ersten Mal gelesen hatte. Mir fiel der Satz ein »Anders liest der Knabe Terenz, anders der Greis«, doch ich erinnerte mich nicht mehr, woher ich ihn kannte. Ich wußte so vieles nicht mehr von dem, was ich mir in den ganzen Jahren in den Kopf gezogen hatte. Eigentlich, dachte ich, müßte man die ganzen Bücher, die man vor dem zwanzigsten Lebensjahr gelesen hat, nochmal lesen, anstatt ständig herumzurätseln, welche frühkindlichen Verletzungen im Lauf der Zeit welche Spätfolgen gezeitigt hätten. Aber dann würde man vor lauter Lesen wohl überhaupt nicht mehr zum Leben kommen. Andererseits, was war das: Leben? Mit einer tollen Clique von einem Café ins andere ziehen, im Süden, wo man von großen, heißen Plätzen unter schattige Arkaden trat, um von dort aus den Einheimischen bei ihren Vergnügungen zuzusehen und unheimlich coole Gespräche zu führen. Das muß einem erst mal einer sagen. Darauf kommt man nicht von alleine, und in der Schule lernt man das auch nicht. Mir hatte es Hemingway beigebracht, und ich war daraufhin in den Süden gefahren, nicht nach Spanien, aber doch nach Italien – Süden war schließlich Süden –, immer öfter und schließlich schon etwas enttäuscht, weil der Südenlack immer mehr abging und ich immer weniger sah und mich immer weiter von den großen Gefühlen entfernte.

Bis es dann doch noch geklappt hatte, ganz überraschend, vor zwei Jahren, bei der Festa del Perdono in San Giovanni. Wir hatten fabelhaft im *Masaccio* gegessen und waren Riesenrad gefahren und hatten nach Blumen geschossen, und nun saßen wir im *Circolo Arci*, der Freund, die schöne Begleiterin, Almut und ich, und wir holten einen Rotwein nach dem anderen von der Bar und schauten durch die weitgeöffneten Fenster in die blaue Nacht, in der das Fest weiterging, und auf die Feiernden, die sich am Fenster vorbeischoben, und plötzlich wußte ich: Das ist das Glück, und ich wußte auch, warum ich das wußte, und sagte es den anderen auch gleich: »Das ist hier jetzt genau wie in ›Fiesta‹.«

Die Laken hatten begonnen, sich zu erwärmen. Ich hatte nur noch das Dritte Buch vor mir, das ziemlich kurz ist, und in dem Jake seine Brett aus dem *Hotel Montana* in Madrid rausholt, wo sie ohne Geld hängengeblieben war, nachdem sie sich von ihrem Stierkämpfer getrennt hatte. Dann zogen sie zusammen zum *Palace Hotel* und von dort aus zu *Botín*, und dort aßen sie ausgezeichnet und tranken jede Menge *Rioja Alta*, und auf der letzten Seite saßen sie schließlich in einem Taxi:

»Ach Jake«, sagte Brett. »Wir hätten so glücklich zusammen sein können.«

»Ja«, sagte ich. »Ganz schön, sich das auszumalen, nicht wahr.«

DAS MUSS GESAGT SEIN

Walter Kempowskis »Roman des deutschen Bürgertums«

Was berechtigt jemanden dazu, ein Buch zu besprechen? Was mich, Walter Kempowskis Roman ›Herzlich Willkommen‹ zu kritisieren?

Der Werbung entnehme ich, daß mit diesem sechsten Band die »Chronik des deutschen Bürgertums« vollendet ist, »ein großes Werk der zeitgenössischen deutschen Literatur«. Im Klappentext lese ich etwas von der »allen Kempowski-Lesern vertrauten Mutter Grete« – mir war sie bisher ebenso unvertraut, wie es die fünf ersten Bände der Chronik nach wie vor sind. Ich kann daher kein Urteil darüber abgeben, ob die sechs Bände zusammen jenen Anspruch erfüllen, den der Knaus Verlag mal »Deutsche Chronik«, mal »Roman des deutschen Bürgertums«, mal, siehe oben, »Chronik des deutschen Bürgertums« nennt. Ich weiß auch nicht, ob der folgende Satz der Verlagswerbung zutrifft: »Den unverwechselbaren Erzählton hat sein Autor sich bis zum Schluß bewahrt.« Ich kann nur hoffen, daß das nicht stimmt, denn der Erzählton gerade des Schlusses – Doch ich greife vor. Zurück zur eingangs gestellten Frage, die, nach so viel eingestandener Unwissenheit, klipp und klar zu lauten hat: Kann ich überhaupt irgend etwas Triftiges zu diesem Buch sagen?

Kann ich, kann ich. Aus zwei Gründen: Da ist einmal der vom Verlag wiederholt herausgestrichene Humor – »Nie aber verläßt ihn die Kraft seines Humors«, »Unnachahmlicher Humor« –, und wo es was zu lachen gibt, bin ich stets gern dabei. Außerdem spielt gut die Hälfte des Romans in Göttingen – »Lupenscharf beobachtet der Student der Pädagogik im Göttingen der goldenen fünfziger Jahre seine Umgebung« –, und eben jene Jahre habe ich in eben dieser Stadt verbracht: 1957 begann Kempowski sein Studium an der Göttinger PH, ein Jahr zuvor hatte ich meine neunjährige Schulzeit an der Göttinger Felix-Klein-Oberschule beendet.

»Roman« nennt Walter Kempowski sein Buch auf der Titelseite, »Jede Ähnlichkeit mit lebenden Personen ist rein zufällig«, versichert er auf der nächsten – daß das alles, wenn nicht humoristisch, so doch augenzwinkernd gemeint sein mußte, wurde mir bald klar. War doch der Held ein Walter Kempowski, der, ganz wie der wirkliche Walter Kempowski, eine langjährige Zuchthausstrafe in der DDR hinter sich hatte, in Hamburg bei der Mutter auf Entschädigung wartete, sich diese Entschädigung zunächst durch unangebrachte Ehrlichkeit beim Fragebogenausfüllen vermasselte, in der Zwischenzeit Verwandte besuchte, Reisen nach Dänemark und anderswohin machte, als Erzieher schwererziehbarer Kinder arbeitete – die ersten beiden Teile des Romans und ihre fünfzehn Kapitel flogen nur so dahin, ohne daß ich den versprochenen Humor ausmachen konnte und ohne daß es den Helden je nach Göttingen verschlagen hätte. Statt dessen war die Lektüre ein rechtes Wechselbad: Mal verwunderte mich die Vielgestaltigkeit menschlicher Schicksale, mal bewunderte ich die Zurückhaltung und Eindringlichkeit, mit der Kempowski einige dieser Schicksale erzählte – das des Schwererziehbaren Egbert beispielsweise –, meist freilich wunderte ich mich über Kempowskis geradezu manisches Mitteilungsbedürfnis: »Der Martini, das muß gesagt sein, schmeckte ziemlich nach Marmelade.« Warum mußte so etwas eigentlich gesagt werden? Und wieso ließ ich mir so etwas sagen?

Nun, ich wartete natürlich auf Humor und Göttingen, und auf Seite 189 – gerade hatte der Gönner Cornelli dem immer noch dahinkrebsenden Kempowski einen Studienplatz an der Göttinger PH verschafft, gerade begann der »III. Teil« – war es endlich soweit: »In Göttingen schien die Sonne.«

Was nun folgte, ließ sich für mich, den ehemaligen Göttinger und immer noch 50er-Jahre-Geprägten, richtiger: -Geschädigten, erst einmal gut an. Es war wie bei Klassentreffen oder anderen erinnerungsseligen Zusammenkünften: Die gemeinsame Geschichte adelt noch die dürftigste der herausgekramten Geschichten. Wenn es überhaupt Geschichten sind. Meist genügen Stichworte – Spitznamen, Kneipennamen, selbst Markenartikelnamen –, um in allen Köpfen lustvolles Erinnern auszulösen: »Ja richtig! Mein erstes Radio war auch ein Loewe-Opta! Mit acht Röhren!« – »Stimmt! Damals hatten die Radios ja noch Röhren!« – »Und 3-D-Tasten!« – »Und so grüne Tigeraugen zur Feineinstellung!« Und so weiter.

Bei solchen Gesprächen wird meist viel gelacht oder doch innig geschmunzelt, und manchmal sitzt auch ein Jüngerer oder Fremder in der Runde, der sich verzweifelt fragt, was es denn da zu lachen gibt, ohne daß ihm irgendeiner der anderen erklären könnte, warum ein Wort wie »Dufflecoat« so komisch ist oder der Titel einer

NWDR-Musiksendung der 50er wie ›Herr Sanders öffnet seinen Schallplattenschrank‹ so heiter stimmt, daß alle begeistert auf den Tisch patschen und »Genau!« rufen.

Das alles hat ja auch mit Humor oder gar Komik wenig zu tun. Warum dann dieses behagliche Lachen? Ich vermute sehr schlichte Ursachen: Daß all das Erinnerte so ganz vergangen und abgetan ist, man selber aber – toi, toi, toi! – immer noch lebt. Daß man sich und den anderen beweisen möchte, wie locker man heute mit jener einst so bedrängenden Gegenwart umgehen kann: Seht nur, der Löwe ist mausetot, ich ziehe ihn sogar am Schwanz!

Wie auch immer – eine Zeitlang habe ich Kempowski gerne zugehört. Seine 40 Mark Zimmermiete – genau wie meine erste Bude! –, seine 150 Mark Stipendium pro Monat – exakt mein erster Wechsel! – ließen mich zunächst einiges in Kauf nehmen. Etwa die detaillierte Beschreibung all der Professoren, mit denen er es an der PH zu tun hatte – da kam es mir manchmal so vor, als hätte ich mich ins falsche Klassentreffen verirrt. Doch kurz darauf fuhr der Student Kempowski ja auch schon zur Burg Plesse – Die Plesse! Richtig! Bin ich auch hingeradelt! –, und alles hätte so schön sein können, wäre nicht immer häufiger und immer unabweislicher die alte Frage wieder aufgetaucht: Warum erzählt er mir das alles?

Ach, er erzählte ja längst nicht mehr, er registrierte nur noch. Dreimal ist Kempowski während seiner Studienzeit auf der Plesse gewesen, mal mit der Vespa, mal mit dem Fahrrad, mal mit seiner zukünftigen Frau – jedesmal wird der Vorgang vermerkt, ohne daß sich außer dem schieren Faktum irgend etwas Bemerkenswertes ereignet hätte. Häufig geht Kempowski ins Kino, meist begnügt er sich mit der Nennung des Filmtitels – ›Jonas‹! Mit Robert Graf! Habe ich auch gesehen! –, nie weiß oder hat er irgend etwas zum Wallungswert all dieser Filme zu sagen. ›Orphée‹, ›Kinder des Olymp‹, ›Das Wunder von Mailand‹ – warum ging man da damals rein? Vor allem: Wie kam man da wieder raus? Wie schaffte man es, weiter zu leben – mit *diesen* poetischen Bildern im Kopf in *dieser* prosaischen Umgebung? Und so durchgehend: Die Reizwörter der 50er Jahre, der Nierentisch, die Vespa, das Pferd- (Kuh-, Gestalt-)hafte – sie alle werden lediglich abgehakt; was sie bedeuteten, kommt nie zur Sprache: Klassentreffen.

Auch wenn ich zuvor keine Bücher Kempowskis gelesen hatte, so viel immerhin wußte ich bereits aus Kritiken: Daß dieser Autor nicht wertend kommentiert, sondern Sprache zu Wort kommen läßt, Umgangssprache, Werbesprache, Warensprache, auf daß aus solch präzisen, lakonischen Partikeln ein beredtes Bild der Zeit sich zusammenfüge. Mag stimmen, aber stimmt es auch für sein Bild der 50er Jahre?

»Lupenscharf beobachtet« – hm. Auf den ersten Blick ist alles da, der zweite allerdings zeigt, daß es der Autor mit der Genauigkeit nicht allzu genau nimmt: »Wenn ich in Ruhe gefrühstückt hatte, kam die Zeitung an die Reihe... Erbitternd war, daß die bundesdeutsche Fregatte Sowieso in La Rochelle mit Pfiffen begrüßt worden war... Das war erbitternd.«

Ist das nicht eine etwas verwaschene, reichlich geschwätzige Lakonie?

»Der Sommer 1957 war heiß. In der Zeitung stand, daß man Wasser sparen soll, die Leine weist den tiefsten Stand seit soundsoviel Jahren auf« – hätte nicht ein rascher Gang ins Archiv des ›Göttinger Tageblatts‹ einige etwas präzisere Sommerdaten zu Tage gefördert? Von anderem 50er-Jahre-Geröll ganz zu schweigen – war doch das GT damals so etwas wie die lokale publizistische Speerspitze der Moralischen Aufrüstung und des Kalten Krieges.

Solche und ähnliche Fragen gingen mir noch durch den Kopf, während Kempowski schon wieder einen Ausflug abheftete: »In Münden das Haus von Doktor Eisenbart suchen und dann die Stelle, wo Werra sich und Fulda küssen, was sie, wie schon gesagt ›büßen müssen‹« – wie schon gesagt, denn genau das hatte er bereits anläßlich der Schilderung seines ersten Besuchs in Münden gesagt. Zum letzten Mal: Wieso sagte er das alles? Und was gab ihm die Gewißheit, daß ihm jemand dabei zuhören würde?

Die Antwort findet sich in Kempowskis Buch, im, diskret gesagt, indiskretesten und »IV. Teil«, da, wo er seine zukünftige Frau kennenlernt, zusammen mit ihren beiden Schwestern: »Es fiel mir ein, die Mädchen meine drei ›Bärlappgewächse‹ zu nennen, linkshändig und nach Zahnpasta riechend: Heuschnupfen hatten sie alle, das muß gesagt sein« – muß es natürlich nicht, außer in jenen handschriftlichen Erinnerungen pensionierter Studienräte, »Für meine Kinder«, in denen sie besinnliche Rückschau halten auf die besonnte Zeit, da sie Mutter das erste Mal trafen: »Einen äußerst sauberen Gehörgang hatte sie, wenn man sie von der Seite her betrachtete.«

In diesen Gehörgang nun geht allerhand rein: »Der Gesprächsstoff ging uns nie aus, das plätscherte so dahin... und ich kramte in meinen Familienstories herum... gern und immer gerner, weil sie immer so genießerisch lachte – ›humhum!‹ – und alles kapierte , was ich sagte« – Und da spätestens begriff ich, weshalb Kempowski all diese Geschichten auch mir, dir und dem Rest des deutschen Volkes mitteilen zu können, ja zu müssen glaubt: Wo sie doch schon seine Frau immer so gern gehört hat.

(Unter dem Titel »In Göttingen schien die Sonne« im SPIEGEL, Nr. 44, 1984)

IN DISNEYLAND

Der kluge Mann, kaum daß er sich aus den Armen der schönen Frau gelöst hatte, begann zu überlegen, was ihm da widerfahren war. Er saß nun im Intercity Roland, der ihn bis nach Basel getragen hätte, doch er mußte ja schon eher raus. Es war früher Morgen, Frühstückszeit, der kluge Mann bestellte ein Frühstück. Der Kellner entschuldigte das Fehlen des Streichkäses, ob eine doppelte Portion Leberwurst recht sei. Aber sicher.

Der Kellner brachte das Frühstück, doch der kluge Mann nahm das kaum wahr. Wie erschlagen starrte er in die Landschaft, die ihm noch nie so grün vorgekommen war. Das rührte daher, daß sie von einem ungemein grauen Himmel überwölbt wurde. Grün wirkt vor Grau grüner. Der Betrachter, der sich in Farben auskannte, wußte das, trotzdem erschlug ihn das Grün beinahe. So viel Grün. Er wandte sich dem Frühstück zu.

Der kluge Mann war der schönen Frau zufällig über den Weg gelaufen. Eine Veranstaltung, gemeinsame Bekannte, ein anschließender, von den Veranstaltern ausgerichteter Lokalbesuch – diese Schiene. Er hatte darauf geachtet, neben der schönen Frau zu sitzen. Immer mehr Leute hatten sich dazugesellt, immer häufiger waren Tische verrückt, war die Sitzordnung geändert worden. Der kluge Mann hatte all seine Klugheit aufbieten müssen, um weiterhin neben der schönen Frau sitzen zu können, doch dank so umsichtiger wie vorausschauender Planung war ihm das trotz aller Gefährdungen gelungen.

Wer nebeneinander sitzt, kann miteinander reden. Der kluge Mann redete mit der schönen Frau. Rasch fand er heraus, daß sie ebenfalls klug war. Von diesem Moment an schlug er eine Doppelstrategie ein. Er versuchte, seine Klugheit ins beste Licht zu setzen, indem er sich bemühte, der schönen Frau kluge Dinge zu sagen oder ihr doch wenigstens kluge Fragen zu stellen. Zugleich, doch dessen war er sich anfangs gar nicht bewußt, suchte er nach Gelegenheiten, sich der schönen Frau zu nähern, indem er ihr Feuer gab oder große geistige Zusammenhänge herstellte, die es ihm erlaubten, ebenso weitläufige Bewegungen auszuführen. So viel Beredsamkeit. Hin und her fuhren seine Hände, selbst während des Essens kamen sie kaum zur Ruhe.

Während der kluge Mann seine Gegenwart betonte, drehte sich das Gespräch, das er mit der schönen Frau führte, um die Vergangenheit. Sie schrieb an einer Arbeit über Aristoteles. Dabei, so erläuterte sie, seien ihr Grundlagen, ja Grundfragen abendländischen Denkens deutlich geworden, welche noch heute weiterwirkten. Woher dieser Drang rühre zurückzublicken, wollte der kluge Mann wissen. Der sei, so scheine es ihm, der abendländischen Kultur immanent, wobei sich allerdings die mit dieser Blickrichtung verbundenen Zwecke und Hoffnungen verändert hätten. Anfangs sei es wohl darum gegangen, das Bestehende zu legitimieren. Ob kaiserliche Würde, ob scholastisches System – stets habe das Gegenwärtige seine Weihe erst durch den Verweis auf ältere Herrschaft und schon gedachtes Denken empfangen. Das aber sei, warf die schöne Frau ein, noch kein geschichtliches Denken gewesen. Richtig, da habe, griff der kluge Mann den Gedanken auf, die Geschichte ja noch als Beispielsammlung gedient, aus der man sich habe versorgen können, geleitet lediglich von gegenwärtigen Zwecken, nicht von dem Wunsch, Geschichte gewordenes Handeln oder Geschichte bestimmendes Denken in seiner jeweiligen Eigenständigkeit und Unwiederholbarkeit zu begreifen.

Ranke, sagte die schöne Frau, worauf der kluge Mann seine Hand der ihren so weit näherte, daß er sie anstandslos, wie getrieben von dankbarem Verstehen, hätte drücken können. Er ließ die seine jedoch in der Schwebe, eine kleine Spannung entstand, welche er mit dem Satz löste: Jede Epoche ist unmittelbar zu Gott. Aber, so fuhr er fort, diese Art von historischem Denken sei ihm zwar verständlich – er deutete kurz auf seinen Kopf –, nicht jedoch begreiflich – er drehte die gespreizten Hände –, diese ganze positivistisch orientierte Geschichtsbetrachtung – er legte den Kopf in den Nacken und schaute gedankenvoll auf die schweren roten Vorhänge, die offensichtlich bellezza und grandezza signalisieren sollten, es war nämlich ein sizilianisches Lokal, in dem sie saßen.

Für einen Moment wußte er nicht weiter, weshalb es ihm geraten schien, die schöne Frau bedeutend anzuschauen. Sie blickte fragend zurück. Ach so ja! Es gebe ja noch eine dritte Art zurückzublicken, die eines Marx oder eines Freud, und deren Blickwinkel wiederum sei identisch mit dem des – sicherlich nicht zufällig zur gleichen Zeit entstandenen – Kriminalromans, gehe es doch allen dreien darum, die Ursachen für die gestörte Ordnung und das schlechte Bestehende aufzudecken.

Nun blickte die schöne Frau bedeutend, was dem klugen Mann Mut und Gelegenheit zu sehr weitgespannten Fingerzeigen und geistig wie körperlich ausufernden Bewegungen gab. Der Kriminalroman sei doch geradezu der Prototyp des analytischen Romans, das gegenwärtige Verbrechen, mit dem er zuverlässig einsetze, entpuppe sich doch stets als notwendige Folge vergangenen Unrechts oder anderer in der Vergangenheit angelegter unguter Keime, die es im Verlauf der Handlung aufzuspüren gelte, um das anfängliche Rätsel der daraus erwachsenen bösen Tat lösen zu können. Und verhalte es sich bei der Psychoanalyse etwa anders? Oder beim Marxismus? Entfremdung oder Neurose – was seien die denn anderes als der Mord, richtiger: das Verbrechen?

Beschwörend stützte der kluge Mann seine Hand gegen die Schulter der schönen Frau. Wobei er natürlich nicht auf platte Parallelen, sondern auf Ähnlichkeiten der Struktur aus sei, fügte er gewichtig hinzu, dem Schlüsselwort »Struktur« dadurch zusätzliches Gewicht verleihend, daß er bei dessen Erwähnung den Druck der Finger für einen so flüchtigen wie bedeutsamen Augenblick verstärkte. Ja, Struktur, denn in allen Fällen gehe der Blick zurück, und stets tue er das in der Hoffnung, den einschneidenden, alles verändernden Zeitpunkt dingfest machen zu können, an dem – grosso modo gesprochen – ehemalige Unschuld sich in noch gegenwärtig weiterwirkende Schuld verkehrt habe.

Nichts unschuldiger als zwei Menschen, die sich im Netz von Wort und Widerwort, Bewegung und Gegenbewegung derart unlösbar verstricken, daß alles bei ihrem Anblick betroffen einhält und zurücktritt. Nur nicht stören! Längst schon hatten sich die Veranstalter und die Bekannten verabschiedet, längst waren die Kellner dabei, das nunmehr gänzlich leere Lokal für den nächsten Tag zu rüsten, und noch immer erfreuten sich die beiden letzten Gäste der schieren Gegenwart. In einer Gesprächspause wurden sie sich des unaufhörlich plätschernden Springbrunnens bewußt, der in der Mitte des Raumes stand, umrahmt von nackten Putten und Pomonen aus Kunststoff.

»Der da fiel zu Boden, als wir das Lokal betraten«, sagte die schöne Frau und wies auf einen Putto mit Füllhorn.

»War es nicht der da?« fragte der kluge Mann und deutete auf dessen Nachbarn, der eine Laute hielt.

»Nein, der da. Es klang so hohl, als er aufprallte, dann rollte er noch etwas. Erinnerst du dich nicht?«

Das ließ sich der kluge Mann nicht zweimal sagen. Er erinnerte sich geradezu begeistert. Nun hatten sie bereits eine gemeinsame Erinnerung. Zeit zu gehen.

Der Gehende redet anders als der Sitzende. Die leeren Straßen waren wie eine Bühne. »Weshalb dieser Blick zurück?« fragte der kluge Mann und breitete fragend die Arme aus vor dem Hintergrund eines noch erleuchteten Musikaliengeschäftes. Hatte sich nicht dort früher die Werkstatt des Geigenbauers Roth befunden?

»Weshalb wird die Gegenwart durchweg als Übel begriffen?« Er winkelte die Arme an.

»Und die Zukunft? Und die Zukunft?« Er hielt fragend die Innenflächen der Hände vor das Gesicht. Gab es eigentlich noch irgendwo was zu trinken?

Der kluge Mann wußte darauf keine Antwort. Er war in jener Stadt groß geworden, doch er hatte sie bereits vor vielen Jahren verlassen. Alles erinnerte ihn an etwas, doch alles hatte sich zugleich verändert. Die Stadt war ihm zutiefst vertraut gewesen, auch verhaßt, doch nun kränkten ihn die Veränderungen. Das waren doch alles Veränderungen zum Schlechten! Warum hatte man nicht alles so lassen können, wie es war? Man hatte doch damit rechnen müssen, daß er wiederkäme! Wieso hatte man hier überhaupt weitergelebt ohne ihn?

Der kluge Mann schaute sich unschlüssig um. Die Lokale seiner Jugend, das wußte er, gab es nicht mehr. Nun war er auf den Rat und das Wohlwollen der schönen Frau angewiesen. Wenn der kein Lokal mehr einfiel, dann war Sense. Dann konnte er sie noch vor die Haustüre bringen. Wo wohnte sie überhaupt?

Der schönen Frau fiel ein Lokal ein, ein Studentenlokal natürlich, die Stadt war ja eine Universitätsstadt. Unter anderen Umständen hätte der kluge Mann wohl nur rasch mißmutig hineingeschaut – zuviel Unruhe in jeder Hinsicht, in toxischer, intellektueller und erotischer, während er sich zunehmend darum bemühte, Ruhe zu bewahren –, doch nun, in Begleitung der schönen Frau, betrat er den lärmerfüllten Raum gelassen, fast freudig. Da sie noch dazugehörte, gehörte auch er noch dazu.

Bei einem Weißwein nahmen sie das Gespräch wieder auf. Nun drehte es sich um den gemeinsamen Bekannten, der die beiden, bei Lichte betrachtet, zusammengeführt hatte und den beide, das stellte sich rasch heraus, hochschätzten. Der kluge Mann verstand es, dieser Hochschätzung beredten Ausdruck zu geben, die schöne Frau tat es ihm gleich, eine Zeitlang hatte es sogar den Anschein, als ob beide in einen Wettstreit treten wollten, wer den Bekannten aufrichtiger und höher schätze. Ein kühler Strahlenkranz von Selbstlosigkeit und Reinheit umgab die Redenden, die nun, bei Erwähnung der Vorzüge und Talente des Bekannten, immer häufiger Gelegenheit hatten, einander eigene, wenn auch auf den Bekannten bezogene, biographische Details mitzuteilen, was wiederum dem klugen Mann die Möglichkeit gab, trotz aller Selbstvergessenheit einfache Rechenaufgaben zu lösen: »Wenn sie ihn 1976 mit 24 Jahren kennengelernt hat, dann ist sie heute …«

Als auch dieses Lokal schließlich schloß, als die schöne Frau und der kluge Mann ein weiteres Mal auf die noch leerere Straße traten, da waren sie einander keine gänzlich unbeschriebenen Blätter mehr. Hier und da standen bereits Wörter, die, so kam es dem klugen Mann jedenfalls vor, geradezu danach schrien, zu ganzen Sätzen verbunden zu werden. Nur nicht aufhören zu reden.

Doch die klare Nachtluft ließ ihn für einen Moment innehalten. Er erinnerte sich ähnlicher Momente, in denen er ähnlich innegehalten hatte. Warum die Leerräume zwischen den Wörtern ausfüllen? Konnten die Sätze, die sie zu bilden im Begriffe waren, jemals das halten, was der noch unbeschriebene Raum versprach? Wie sollten sie. Konnte der kluge Mann ausgerechnet jetzt abbrechen, da doch die Möglichkeit bestand, die Verheißung der Wörter in bislang ganz unerhörten Sätzen einzulösen? Wie sollte er. Also weiterreden.

So trieb der Nachtwind zwei Blätter vor sich her, die sich bei jedem Gang und jeder Kehrtwendung fortwährend auffüllten. Da es so viel zu sagen gab, konnten diese Gänge kein Ende finden, die vom Lokal zur Haustüre der schönen Frau führten, dann zu einem Taxistand, dann, als dort kein Taxi wartete, durch immer stillere und baumreichere Straßen, in die Gegend, in der der kluge Mann aufgewachsen war. Auftrumpfend, beinahe mitleidig, erinnerte er sich der Langeweile und der Ängste, die ihn damals fast erstickt hatten. Wie lastend und klebrig alles gewesen war. Wie weit er all das hinter sich gelassen hatte. Nun war seine Vergangenheit nichts weiter als der Kadaver eines endlich überwundenen Feindes, auf dem er leichtfüßig tanzte. Die Gegenwart der schönen Frau ermutigte ihn zu immer gewagteren Sprüngen, und alle gelangen ihm. Er sprach von quälenden früheren Unsicherheiten, vor denen sich seine jetzige Sicherheit nur um so strahlender abheben sollte. Wie er damals ein Mädchen nach Hause gebracht und es nicht gewagt hatte, sie zu berühren. Damit wollte er sagen, daß ihm das nicht mehr passieren könne, wie zum Beweis umarmte er die schöne Frau. Sie ließ es lächelnd geschehen.

Zeit verrinnt, stockt, fließt, strömt reißend dahin. Der kluge Mann fühlte sich von ihr aufgehoben und davongeschwemmt. An der Seite der schönen Frau trug sie ihn die ganzen verschlungenen Wege zurück, vor ihre Haustüre und geradewegs hinauf in ihr Zimmer. Er fand noch Zeit, das Zimmer zu loben, es erinnerte ihn in seiner Kargheit an Zimmer, die er selber einmal bewohnt hatte, transitorische Zimmer nannte er sie, und er hätte wohl noch weiter ausgeholt und verglichen, hätte die schöne Frau ihn nicht vor vollendete Tatsachen gestellt, indem sie das Bett richtete. In dieser Nacht verglich er nicht weiter.

Am nächsten Tag war der kluge Mann in Geschäften unterwegs, zur verabredeten Zeit fand er sich wieder bei der schönen Frau ein. Essen gehen. Sie knüpften flüchtig da an, wo sie aufgehört hatten, ihm genügte es, in ihr Haar zu fassen; ihr, mit dem Zeigefinger seinem Schlüsselbein entlangzufahren. So viel Sicherheit. Sie traten auf die Straße.

Noch war es hell, und auf Schritt und Tritt sprangen dem klugen Mann die Verwüstungen ins Gesicht. Das Rathaus! ereiferte er sich. Neugedeckt und frischgestrichen erinnerte es ihn an Schweinchen Dick. Sowas Rosiges! Sowas Cremiges! Ja, waren sie hier denn in Disneyland? Doch es kam noch schlimmer. Immer wieder wandte er sich fassungslos der schönen Frau zu. Da fehlten ja ganze Häuserzeilen! Widerwärtiges Pseudofachwerk hatte sie ersetzt, in vorspringenden Betonwannen verkümmerten pflegeleichte Hartlaubgewächse. Aber dort! Die Wöhler-Schule stand noch. Die hatte er mal besucht vor, Moment, fünfunddreißig Jahren, damals war ihm der abweisende Bau furchterregend vorgekommen, heute erschien er ihm würdig. Und da! Im Haus, in dem sich jetzt das Standesamt befand, hatte er mal gewohnt. Und hier –

Später, beim Essen, verwunderte er sich selber über die Treuherzigkeit, mit welcher er der schönen Frau seine Biographie ausbreitete. Er könnte ihr doch irgendwas erzählen, beschwor er sein Gegenüber, warum berichte er ausgerechnet die Wahrheit?

Ja, warum eigentlich, fragte sie zurück, die Möglichkeit, sich neu zu entwerfen, mache doch den eigentlichen Reiz solch zufälliger Begegnungen aus; doch wie im Rausch wühlten dann beide trotzdem in ihrer Geschichte, kramten sogar Urgroßväter und Urgroßmütter hervor, mächtige Gestalten, die weitläufige estnische Güter verwaltet und schneeweiße bulgarische Pferde geritten hatten und die, einmal heraufbeschworen, so anwesend waren, als ob sie nie wieder ganz verblassen sollten.

Der Drang, die eigene Geschichte mitzuteilen, habe sicherlich eine doppelte Ursache, warf der kluge Mann ein. Da gebe es eindrucksvolle biographische Details, die auf die Bewunderung des Zuhörers zielten, und geradezu beschämende, die es auf seinen Widerspruch abgesehen hätten. Er beispielsweise mache sich gerne klein, in der Erwartung, sogleich vom Gegenüber aufgerichtet zu werden. Um genau zu sein: vom liebenden Gegenüber. Das sei sozusagen eine Probe; wer ihn liebe, der könne ihn unmöglich so liegenlassen. Wer ihn aber nicht aufrichte, der sei, da er ihn nicht liebe, auch keiner Gegenliebe wert. Seine Gegenliebe jedoch bestehe darin, daß er, kaum aufgerichtet, sich auf den Aufrichtenden stütze und ihn bedrücke.

Ob er jetzt Widerspruch erwarte, fragte die schöne Frau. Er fühle sich durchschaut, erwiderte der kluge Mann geschmeichelt. Vergebens bemühte er sich, ein stolzes Lächeln zu unterdrücken, denn während über dem Tisch die Worte leichtsinnig hin- und hergingen, hatten sich unter dem Tisch die Beine fest ineinander verschränkt. Die Redenden verstummten für einen Augenblick und schauten einander vielsagend an.

Ach so ja, Biographie. Biographie sei immer zweierlei, insistierte der kluge Mann, Schatzkästlein und Schlangengrube. Ja, bei Licht betrachtet sei sie beides zugleich, wer hineingreife, könne niemals vorhersagen, was er eigentlich zu fassen bekomme, eine Kette oder eine Schlange, und oft genug täusche selbst der Augenschein, und der Verblendete halte das, was er zutage gefördert habe, für ein Diadem, während das vermeintliche Schmuckstück bereits zum Biß ansetze.

So redet, wer seiner Sache sicher ist. Da der kluge Mann seine Tasche im Zimmer der schönen Frau zurückgelassen hatte, wußte er, daß er eine weitere Nacht bei ihr verbringen würde. Er konnte ja nicht ohne seine Tasche reisen, und mittlerweile ging der nächste Zug erst am nächsten Morgen. Er brachte das zur Sprache.

Sie sei ziemlich müde, gab die schöne Frau zu bedenken. Das sei er doch auch! bekräftigte der kluge Mann. Ihm gehe es lediglich um irgendeine Schlafstelle, fügte er mit gespielter Ernsthaftigkeit hinzu und schob den Teller weg. So viel Zukunft. Da konnte man sich der Vergangenheit gegenüber alles herausnehmen. Jeder Griff ein Treffer. Keine Rede von Schlangen oder Ketten. Dafür massenhaft farbige Gläser, glitzernde Scherben, die sie wechselseitig ausbreiteten, um sich daran zu entzücken, wie herrlich eins zum anderen paßte. Berichtete sie von einem Marder, fielen ihm all die Marder ein, die er in seinem Leben gesehen hatte. Erzählte er von dem Besuch eines russischen Ostergottesdienstes, erinnerte sie sich der ausschweifenden Osterbräuche ihrer Familie. Längst gingen sie wieder durch dunkle Straßen, schon standen sie wieder im Zimmer der schönen Frau. Alles wie gehabt, und doch war alles anders.

Nun fragte der kluge Mann schon nicht mehr, ob er die Jacke ablegen könne, er legte sie einfach ab. Nun fand er den Weg ins Bad schon alleine. Nun wußte er schon, was ihn erwartete, als die schöne Frau ihr Haar löste, doch als es herabfiel, konnte er es wieder kaum fassen. So viel Haar.

Ob er abkassieren könne, wollte der Kellner des Speisewagens wissen, er werde abgelöst. Der kluge Mann zahlte zerstreut und suchte ein leeres Abteil. Bald hatte er eins gefunden, in dem er es sich bequem machte. Bei aller Müdigkeit war er noch immer nicht imstande, die Geschichte auf sich beruhen zu lassen. Er sah keine andere Möglichkeit, sie zu behalten, als sich zu erinnern. Er wußte aber auch, daß jede Erinnerung entrückte. Etwas lag hinter ihm, von dem er sich in jeder Hinsicht entfernte, räumlich und zeitlich. Warum das, was so sinnvoll wie sinnlich gewesen war, nachträglich auf den Begriff bringen? Wie andererseits damit fertig werden, wenn er nicht Worte dafür fand? Doch Worte waren zugleich Feststellungen;

und hatten ihn die beiden vergangenen Tage nicht gerade dadurch bezaubert, daß sie schiere Bewegung gewesen waren? Jetzt, in seiner Erinnerung, stellten sie sich jedenfalls so dar, aber wie weit konnte er seiner Erinnerung trauen? Mußte er sie nicht – wollte er sichergehen – mit dem vergleichen, dessen sich die schöne Frau erinnerte? Und dann? Konnte er es zulassen, daß sie seine Erinnerungen durchkreuzte? Was, wenn sie da Stumpfheit und Schwere erinnerte, wo er Glanz und Leichtigkeit erlebt hatte? Alles war ihm bedeutend erschienen – aber war er überhaupt in der Lage, alles richtig zu deuten? Gab es versteckte Fingerzeige, verdeckte Mehrdeutigkeiten und scheinbar unwichtige Hinweise, die den Schluß zuließen, daß er etwas übersehen hatte? Täuschte er sich? War er etwa getäuscht worden? Er versuchte, sich zu erinnern. Als ob er das nicht bereits die ganze Zeit getan hätte. Ihn schreckte die Möglichkeit, er könnte der Dumme gewesen sein. Ihm dämmerte, daß er, was immer er tat, der Dumme sein würde. Ihn beruhigte der Gedanke, daß das in der Natur der Sache lag. Er beruhigte ihn derart, daß er unverzüglich einschlief. So fest, daß er es um ein Haar versäumt hätte, an seinem Reiseziel auszusteigen.

Romantisches Göttingen
1
2
3
4

DIE GÖTTINGER SIEBEN BAUSÜNDEN

mit sieben
»Göttinger-Sieben-Bausünden«-Fotos
von Ingo Bulla

Prolog

Im Bombenkrieg blieb nicht viel heil,
nur Göttingen bekam kein Teil.
Woraus man dort geschlossen hat:
Dann machen wir uns selber platt.

Bausünden sind ein mildes Wort
für kalt geplanten Altstadtmord.
In Wort und Bild sind Stücker sieben
hier aufgezeigt und aufgeschrieben.

1. Carré, vormals Hertie

Hier stand die barocke Reithalle einst.
Sie mußte dem Fortschritt weichen.
Der kam zwar als Totgeburt zur Welt
und geht doch seither über Leichen.

2. Stadtbad

Der Vorgängerbau war ein Jugendstilbad,
sehr schön, sehr rar, sehr eigen.
Das brachte der Durchschnitt auf sein Niveau,
anno sechzig. Der Rest ist Schweigen.

3. Petrosilienstraße

Hier stand mal was, das »Neustadt« hieß
und dennoch Altstadt war.
Der Bagger machte alles neu,
die Raffgier alles klar.

4. Neues Rathaus

Ein finstre Burg ist unser Rathaus,
sieht so gefängnismäßig fad aus,
als sei sogar dem Magistrat klar,
daß dieser Trumm 'ne Missetat war.

5. Karstadt am Markt

Wer diese blinden Wände schuf?
Ein Architekt von Rang und Ruf.
Sie sehend denke ich: Das Schwein
muß selber blind gewesen sein.

6. Deutsche Bank

Vor die Kirche, hoch und schlank,
schiebt sich breit und dreist die Bank,
damit Heide als auch Christ schaun:
Großes Geld darf großen Mist baun.

7. Groner Straße 6

Wem hier die alten, guterhaltnen Fachwerkbauten
Zins und Rendite derart nachhaltig versauten,
daß er genervt den Bagger rief? Wer will das wissen?
Hier hat nicht einer be-, hier hat die Stadt verschissen.

Epilog

Fünfzig Jahr, daß ich Göttingen kenne.
Ich hab all den Wandel gesehn,
doch nie hört' ich ein Wort des Bedauerns
über das, was der Altstadt geschehn.

Das meint: Ein Bedauern der Täter.
Die verzehrn heute ihre Pensionen,
weithin leuchtende Beispiele dafür,
daß sich Verbrechen doch lohnen.

CODA

ZUM MUTTERTAG

Ein Liedfragment

Mama –
kein einziges Wort auf der Welt
das so viele Ma's enthält
wie Mama.
Ja –
Kaktushecke hat mehr Ka's
Braunbärbabies hat mehr Be's
Erdbeerbecher hat mehr E's
Schamhaaransatz hat mehr A's –
aber Ma's?
Koblenz hat keine Ma
München hat so gut wie keine Ma
Mannheim hat nur eine Ma
doch welche Stadt hat zwei Ma?
Na?
Göttingen
Ja!
Denn dort wohnt meine
Mama.

NACHWORT

In seiner Anleitung für werdende Künstler, dem 1995 erschienenen Band »Wege zum Ruhm«, beschreibt Robert Gernhardt eine Wanderung auf dem Rilke-Weg beim italienischen Duino und plagt sich mit der Frage, die sich ihm » angesichts des Hinweisschildes Rilke-Weg aufgedrängt hatte: Ob dermaleinst ein Stückchen Natur auch an mein Erdenwallen erinnern und Spätgeborene zum Gedenken, zur Nachfolge gar bewegen würde? Würde es wenigstens zu einer Gernhardt-Quelle reichen? Zu einer Gernhardt-Linde?« Ich denke, man darf da zuversichtlich sein.

In Göttingen werden verdiente Persönlichkeiten allerdings weniger durch die Benamsung von Gewässern oder Bäumen geehrt, sondern durch das Anbringen von Namenstafeln an Häusern, die die betreffenden Menschen bewohnt haben – egal ob das Originalhaus noch steht oder nicht. Derlei Ehrungen werden – nicht nur in Göttingen – in der Regel erst nach erfolgtem Ableben der zu Ehrenden vorgenommen. Und da wollen wir hoffen, daß Robert Gernhardts Name noch auf lange Sicht dem Marmor vorenthalten bleibt.

Keine Quelle, kein Weg, keine Linde also fürs erste. Aber ein kleines Ruhmestableau soll doch sein – in Form dieses Buches, das Robert Gernhardts publizierte Texte zu Göttingen in fast schon wissenschaftlicher Akribie vollständig versammelt – und ein paar unveröffentlichte Erstpublikationen dazu. Ein Anlaß kommt auch des Weges: Am 13. Dezember 1997 feiert Robert Gernhardt seinen sechzigsten Geburtstag.

Göttingen war für Gernhardt – wie für die meisten – lediglich Durchgangsstation. Ein sogenannter »großer Sohn der Stadt« ist er nicht, aber wer war das schon? 1937 in Reval geboren, kam Gernhardt nach dem Krieg als Flüchtlingskind nach Göttingen (und hatte darunter zu leiden: In einem Gespräch mit dem Göttinger »extra-tip« erzählte er vor Jahren, daß ein erster Göttinger Schulversuch an seiner Aussprache scheiterte) und blieb für ein Jahrzehnt. 1947 machte er die Aufnahmeprüfung an der Felix-Klein-Oberschule, dem heutigen Felix-Klein-Gymnasium, 1956 legte er dort das Abitur ab. Und zog dann zum Studium der Malerei und Germanistik nach Stuttgart und Berlin, schließlich nach Frankfurt, wo Gernhardt blieb und zu dem wurde, als der er heute bekannt ist: Hauptdozent der sog.

Neuen Frankfurter Schule für Hochkomik, Mitbegründer der satirischen Zeitschriften »pardon« und »titanic«, der Romancier, Lyriker, Dramatiker, Cartoonist, Maler, dessen Werke – aber das ist bekannt. Gernhardt-Reime wurden vom Volksmund in dessen Fundus aufgenommen, wurden Schullektüre, sind aus keiner Anthologie wegzudenken und werden just in einer Werkausgabe als Taschenbuch verlegt. Dennoch war es kein Abschied für immer: Göttingen liegt noch heute häufig auf Gernhardts Weg. Zum einen ist er oft mit Lesungen zu Gast. Zum anderen lebt in Göttingen Gernhardts Mama – wie wir aus dem Meisterwerk »Zum Muttertag« wissen, und deshalb ist Göttingen auch nach wie vor die Stadt mit den zwei Ma.

Es liegt in der Natur der Sache, daß der Blick rückwärtsgewandt ist, vor allem in die Schülerzeiten, in die 50er Jahre, als die Lokalzeitung die »publizistische Speerspitze der Moralischen Aufrüstung und des Kalten Krieges« war, als man sich auf »tränentreibend ärmlichen KPD-Veranstaltungen« rumtrieb. Originaltexte und -zeichnungen dokumentieren jene weit zurückliegenden Jahre. Erinnerungen nehmen sich ihrer an – und sind selbst inzwischen Vergangenheit. Die Stadt, die der immer wieder Zurückkehrende beschreibt, gibt es auch schon nicht mehr. Subjektive, erinnernde Perspektiven. »Bilanz zu ziehen ist leider unmöglich«, ahnt schon der dichtende Schüler. Und doch ergibt das Sammelsurium dieser Blicke ein Bild der Stadt. Man erkennt sie wieder.

Und ein hübsch repräsentatives des Gernhardtschen Œuvres: bis auf das Drama (das bei Gernhardt eh unterrepräsentiert ist, mit Ausnahme der genialen »Toscana-Therapie«) ist auf diesen Seiten alles versammelt: Cartoon (»Zwischen Kassel und Göttingen«), Gedicht (»Zum Muttertag«), Erzählung (»Fahndung und Gegenwart«), Satire (gleich mehrfach), Roman (»Ich Ich Ich«).

»Vielleicht kann ja doch noch jemand etwas damit anfangen«, merkt Gernhardt etwas skrupulös zu seinem Schulerinnerungsaufsatz an , der fürs FKG-Jubiläumsheft geschrieben und dann nicht angenommen wurde (das kann also auch etablierten Künstlern passieren). Wir dagegen konnten mit dem Text etwas anfangen, und mit den anderen auch und denken zuversichtlich, daß es den Lesern nicht anders geht. Das mußte gesagt sein.

T. S.

QUELLENVERZEICHNIS

Zum Muttertag. Aus: Robert Gernhardt: Wörtersee. Zweitausendeins 1981.
Copyright © by Robert Gernhardt.

Nach Italien. (Titel vom Herausgeber). Aus: Robert Gernhardt: Ich Ich Ich. Roman.
Copyright © 1982 by Haffmans Verlag AG Zürich.

Hat die Literatur Folgen? Aus: Robert Gernhardt: Glück Glanz Ruhm.
Erzählung, Betrachtung, Bericht. Copyright © 1983 by Haffmans Verlag AG Zürich.

Zwischen Kassel und Göttingen. Unter dem Titel »Bilder aus Westdeutschland« in:
Gernhardts Erzählungen. 120 Bildergeschichten.
Copyright © 1983 by Haffmans Verlag AG Zürich.

Ich über mich. Aus: Robert Gernhardt: Letzte Ölung, Ausgesuchte Satiren 1962-1984.
Copyright © 1984 by Haffmans Verlag AG Zürich.

Fahndung und Gegenwart. Aus: Robert Gernhardt: Kippfigur. Erzählungen.
Copyright © 1986 by Haffmans Verlag AG Zürich.

Fundsache; Mister X; Lieblingspredigt; Wanderer, kommst du nach Gö… und *Das muß gesagt sein.* Aus: Robert Gernhardt: Was gibt's denn da zu lachen? Kritik der Komiker, Kritik der Kritiker, Kritik der Komik. Copyright © 1988 by Haffmans Verlag AG Zürich.

Kuh und Kuhhaftes. (Titel vom Herausgeber). Aus: Robert Gernhardt: Innen und außen.
Bilder – Zeichnungen – Über Malerei. Ein Werk der Kunst und Kunstbetrachtung.
Copyright © 1988 by Haffmans Verlag AG Zürich.

Einige meiner Lehrer und ich. Aus: Der Rabe. Magazin für jede Art von Literatur – Nummer 36. Copyright © 1993 by Haffmans Verlag AG Zürich.

Gedichte aus Schülerzeiten. (Titel vom Herausgeber). Aus: Robert Gernhardt: Gedichte 1954–94. Copyright © 1996 by Haffmans Verlag AG Zürich.

Wie ich Dichter wurde und *Die Göttinger Sieben Bausünden* wurden eigens für dieses Buch geschrieben. *Den Benn alleine lesen* erschien zuerst in der Zeitschrift »Konkret«. Die in das Kapitel *Aus Schülerzeiten* eingestreuten Illustrationen wurden Schulheften des Oberschülers Gernhardt entnommen. Das Titelbild *»The Göttinger«* erschien erstmals im Magazin der Frankfurter Allgemeinen Zeitung. Abdruck dieser Beiträge mit freundlicher Genehmigung von Robert Gernhardt.

Fotonachweise:
Das Gernhardt-Portrait aus den 50er Jahren stammt aus dem Archiv des Abgebildeten, das aus den 90er Jahren fotografierte Andreas Pohlmann.
Ingo Bulla fotografierte die Göttinger Sieben Bausünden eigens für dieses Buch.

Zu danken ist Peter Köhler für Hinweise und das bereitwillige Öffnen seines Archivs.

ROBERT GERNHARDT

Ich Ich Ich
Roman

Glück Glanz Ruhm
Erzählung Betrachtung Bericht

Katzenpost
Kinderbuch mit Bildern
von Almut Gernhardt

Gernhardts Erzählungen
Bildergeschichten

Letzte Ölung
Ausgesuchte Satiren

Was bleibt
Gedanken zur
deutschsprachigen Literatur

Hier spricht der Dichter
Bildgedichte

Schnuffis sämtliche Abenteuer
Bildergeschichten

Die Toscana-Therapie
Schauspiel

Kippfigur
Erzählungen

Es gibt kein richtiges Leben im valschen
Humoresken aus unseren Kreisen

Körper in Cafés
Gedichte

Was gibt's denn da zu lachen
Kritik der Komiker, Kritik der
Kritiker, Kritik der Komik

Innen und Außen
Bilder, Zeichnungen, über Malerei

Wörtersee
Gedichte

Hört, hört!
Das WimS-Vorlesebuch
(zusammen mit F.W. Bernstein)

Gedanken zum Gedicht
Thesen zum Thema

Otto – Der Film/Der neue Film/ Der Heimatfilm
Die vollständigen Drehbücher
der Autoren
(zusammen mit Bernd Eilert,
Peter Knorr und Otto Waalkes)

Lug und Trug
Drei exemplarische Erzählungen

Die Falle
Eine Weihnachtsgeschichte

Über Alles
Ein Lese- und Bilderbuch

Weiche Ziele
Gedichte 1984 bis 1994

Die Drei
Die Wahrheit über Arnold Hau/
Besternte Ernte/Die Blusen
des Böhmen
(zusammen mit F. W. Bernstein und
Friedrich Karl Waechter)

Ostergeschichte

Wege zum Ruhm
13 Hilfestellungen für junge
Künstler und 1 Warnung

Was deine Katze wirklich denkt
13 Lektionen
in Catical Correctness

Gedichte 1954 bis 1994

Lichte Gedichte

Vom Schönen, Guten, Baren
Bildergeschichten
und Bildgedichte

Septemberbuch
20 Zeichnungen zu 10 Gedichten

im Haffmans Verlag

Ilse Lege
Herr Kramer, Gespenster
Erinnerungen 1933–1949
199 Seiten, fadengeheftet, fester Einband
32,00 DM
ISBN 3-930333-07-4

Ilse Lege wurde 1931 in Göttingen geboren. Nach einem ungewöhnlichen Arbeits- und Wanderleben kehrt sie in ihre Heimatstadt zurück und beginnt, die Geschichte ihrer Kindheit während der Zeit des Nationalsozialismus und des Zweiten Weltkrieges aufzuschreiben.
Sie erzählt einfühlsam, aus der Sicht des Kindes, das natürlich nicht begriff, was geschah, sondern erlebte und speicherte. So entstehen Bilder aus dem »normalen« Alltag eines Kindes: Schulstreiche, erste Liebe, Anekdoten aus Nachbarschaft und Verwandtschaft.
Erzählt werden aber auch Beispiele von Solidarität, von kleinen Versuchen zivilen Ungehorsams, von der ständigen Mühe, sich durchzuschlagen und als unkorrumpierter Mensch in menschenverachtender Zeit zu überstehen.

Das Schicksal von Ilse Lege ist kein besonderes, und in ihrem Buch sucht sie nicht nach Außergewöhnlichem und Sensationen. Doch gerade das macht ihre Geschichte so außergewöhnlich lesenswert. Viele Ältere, die Ähnliches erlebt haben, werden sich in ihr wiedererkennen, und Jüngeren gibt sie die Möglichkeit, sich das Unbegreifliche besser vorzustellen.
Göttinger Tageblatt

Ilse Lege schreibt einfach, anschaulich und spannnend. Ihr Buch ist gelungene Geschichtsschreibung von unten und aus erster Hand.
Freitag – Die Ost-West-Wochenzeitung

Der Mensch ist stumm

Ich habe dir den Abschiedskuß gegeben.
und klammre mich nervös an deine Hand
Schon mahn ich dich, auf dich [illegible] zu geben
Der Mensch ist stumm.

Will denn der Zug, der Zug nicht endlich pfeifen
Mir ist als dürfte ich dich nie mehr wiedersehn
Ich rede reimende Sätze ohne zu begreifen:
der Mensch ist stumm.

Ich weiß, wenn ich dich nicht mehr hätte
das wär der Tod, der Tod, der Tod!
Und dennoch möcht ich fliehn. Hoff eine Zigare
Der Mensch ist stumm.

Dahin! Jetzt auf der Straße würgt mich Weinen
Verwundert blick ich mich um
Denn auch das Weinen sagt nicht was wir meinen
Der Mensch ist stumm.

Wie hab' ich das gefühlt, das Abschied heißt
Wie weiß ich's noch: ein dunkles, unverwundnes,
grausames Etwas, das ein schön verbundnes
Noch einmal zeigt und hinhält und zerreißt.

Wie war ich ohne Wehr, dem zuzuschauen,
Das, da es mich, mich rufend gehen ließ',
Zurückblieb, so als wärens alle Frauen
Und dennoch klein und weiß und nichts als dies:

Ein Winken, schon nicht mehr auf mich bezogen,
Ein leise Weiterwinkendes —, schon kaum
Erklärbar mehr: vielleicht ein Pflaumenbaum
Von dem ein Kuckuck hastig abgeflogen.